AF591836

FRÉDÉGONDE

TRAGÉDIE EN CINQ ACTES.

PAR

M. BOUCHER DE PERTHES.

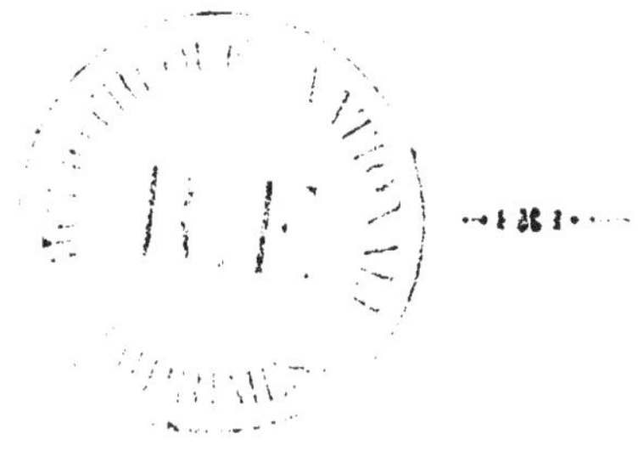

ABBEVILLE,

IMPRIMERIE T. JEUNET, RUE SAINT-GILLES, 108.

1851

AVERTISSEMENT.

Voici pour l'intelligence du sujet quelques indications biographiques sur les personnages.

Chilpéric, assassiné à Chelles, l'an 584, était le plus jeune des fils de Clotaire. Il épousa en premières noces Audouère dont il eut plusieurs enfants et qu'il répudia en 571. Chilpéric, dit l'histoire, fut le Néron et l'Hérode de la France; cependant il se piquait de politesse, il feignait la dévotion et savait cacher sa perfidie sous une apparence de franchise et de bonté.

Frédégonde naquit à Hanaucourt, en Picardie, d'autres disent à Montdidier, l'an 543. Très jeune encore elle entra au service d'Audouère, femme de Chilpéric, et quoique mariée elle devint la maîtresse du roi. Bientôt elle le décida à répudier la reine et à l'enfermer dans un couvent où elle la fit tuer ainsi que ses enfants. Clovis seul put échapper aux assassins.

Galsuinde, sœur de Brunehaut et deuxième femme de Chilpéric, périt également sous ses coups.

Enfin Chilpéric lui-même, dont elle fut la troisième femme, fut assassiné par ses ordres au château de Chelles, l'an 584.

Devenue régente, elle gouverna avec sagesse. C'était une femme d'une grande beauté; néanmoins, dit Vely, si Chilpéric lui fut longtemps fidèle, ce fut plutôt par crainte que par devoir.

Clovis, qui avait survécu aux autres enfants de Chilpéric, fut à son tour tué par ordre de Frédégonde qui fit laisser le glaive dans la plaie pour qu'on crût qu'il s'était tué lui-même. Frédégonde l'avait accusé de la mort des trois enfants qu'elle avait eus de Chilpéric.

Sigismond, roi de Bourgogne, était fils de Gondebaud et avait épousé la fille de Théodoric. Il en eut plusieurs enfants dont une fille et un fils nommé Sigeric.

Leudaste, officier de Chilpéric, avait été gouverneur de Tours.

Landri, autre officier du roi, était dévoué à Frédégonde. Ce fut lui, qui d'après l'ordre de cette reine, fit tuer Chilpéric, par un officier nommé Fouque, au moment où, revenant de la chasse, il rentrait à Chelles.

PERSONNAGES.

CHILPÉRIC, roi de France.
FRÉDÉGONDE, sa femme.
CLOVIS, fils de Chilpéric et d'Audouère.
SIGISMOND, roi détrôné de Bourgogne.
ELVIGE, fille de Sigismond.
LANDRI, } officiers de Frédégonde.
OLERIC, }
LEUDASTE, officier de Chilpéric.
HERVART, } officiers de Sigismond.
UBALD, }
ALICE, suivante d'Elvige.
Chevaliers, Moines, Religieuses, Gardes, Soldats, Peuple.

FRÉDÉGONDE,

TRAGÉDIE EN CINQ ACTES.

La scène se passe à Chelles, en 584. Le théâtre représente une salle du château de Chelles, maison royale donnée par Chilpéric pour asile à Sigismond.

ACTE PREMIER.

SCÈNE PREMIÈRE.

LEUDASTE, SIGISMOND, UBALD.

LEUDASTE.

Illustre Sigismond, la Bourgogne aujourd'hui
Trouve dans Chilpéric un vengeur, un appui;
Il veut sur votre front replacer la couronne.
Recevez-en l'espoir qu'en son nom je vous donne.
En s'armant de vos droits contre votre ennemi,
Croyez qu'il ne veut pas vous servir à demi.
Vainement, dans Melun Gontrand résiste encore,
Bientôt abandonné d'un peuple qui l'abhorre,

Le traître doit tomber sous l'effort de nos bras.
Le roi se rend vers vous : je précède ses pas.
Voulant hâter l'instant d'une heureuse alliance,
Suivi de peu des siens, vers ces murs il s'avance,
Ce séjour lui fut cher dès ses plus jeunes ans.
A Chelles, loin des cours, loin du fracas des camps,
Il veut de son hymen que la pompe s'apprête.
Mais ce jour n'est-il pas pour vous un jour de fête?
Et le choix glorieux du monarque français...

SIGISMOND.

Il m'honore, seigneur, et comble mes souhaits.
Je dois à Chilpéric la paix de cet asile;
Lorsque j'étais banni, chassé de ville en ville,
Quand le peuple aveuglé frappait son souverain,
Chilpéric au malheur daigna tendre la main;
Il défendit les droits du prince légitime,
Il n'a pas aux bourreaux rejeté leur victime.
Puisque cette union qu'il propose aujourd'hui
A des titres sacrés offre un nouvel appui,
J'y souscris. Je le dois à la cendre d'un père,
A ma gloire, à mon fils. Mais de ce jour prospère
Je tente vainement d'écarter la terreur:
Frédégonde!... A ce nom vous frémissez, seigneur;
Elle est répudiée. Après un tel outrage,
Qui ne doit redouter les effets de sa rage?
On lui ravit ce cœur acquis par tant de sang,
Ce sceptre qu'elle-même a rendu si puissant.
Mesurez ses fureurs à l'éclat de l'offense,
Frédégonde outragée!... Ah! pesez la vengeance.

LEUDASTE.

Rage vaine. En brisant un lien criminel,
Chilpéric obéit aux volontés du ciel.

Vous le savez, seigneur, les fils de l'adultère,
Du berceau sont passés à leur lit mortuaire.
Cependant l'avenir d'un peuple tout entier,
Le repos de l'Etat veulent un héritier.
L'impie, en usurpant la couche d'Audouère,
Frappa du même coup et le fils et la mère.
Clovis en vain survit; peu digne de régner,
Du trône dès longtemps le roi dût l'éloigner.
En contractant ce nœud qui fait notre espérance,
Chilpéric aujourd'hui cède au vœu de la France.
Si quelques mécontents affectent des regrets,
Aisément on a pu déjouer leurs projets;
Frédégonde a cessé d'épouvanter la terre.

SIGISMOND.

Qu'entends-je ?

LEUDASTE.

De son sort quel que soit le mystère,
Elle n'est plus à craindre et rien ne peut, seigneur,
Troubler un horizon de gloire et de bonheur.
Souffrez donc, que du roi remplissant le message,
A votre fille, ici, j'en présente le gage.

SIGISMOND.

Ma fille ignore encore à qui je dois l'unir.

LEUDASTE.

Elle ignore!... Songez...

SIGISMOND.

Je vais la prévenir.
Je n'ai jamais douté de son obéissance,
Et bientôt vous pourrez paraître en sa présence.

SCÈNE II.

SIGISMOND, UBALD.

SIGISMOND.

Chère Elvige, ma fille, est-ce ton père, ô ciel !
Qui pourra dans ton cœur porter le coup mortel.
Comment te révéler ce pacte redoutable !
Que le poids de mon nom en ce moment m'accable !
A quel triste devoir, Ubald, je me soumets!
Pourquoi ne suis-je pas le dernier des sujets !
A ce trône, à mon fils, au nom de ma famille,
Faut-il sacrifier le bonheur de ma fille?
Dois-je acheter un sceptre au prix de tant de maux ?
Et pour mes cheveux blancs n'est-il plus de repos?
Elvige!... et toi, Clovis, l'ami de son enfance,
Faudra-t-il te ravir ta dernière espérance?
Lorsqu'un père abusé, te retirant sa main,
Abandonnait ta tête au fer de l'assassin,
Dans un asile obscur, lorsque cachant ta vie,
J'ai trompé la fureur de ta marâtre impie,
Te réservais-je donc un destin plus affreux?
Le jour où de ton cœur j'ai reçu les aveux,
N'ai-je pas, approuvant ta tendresse naissante,
Moi-même uni ta main à la main d'une amante.

UBALD.

Imprudente promesse !

SIGISMOND.

O malheureux vieillard !
De quel front pourras-tu soutenir leur regard?

Vous nous avez trompés, diront-ils, vous, mon père?
(Après un moment de silence.)
Tromper! tromper ma fille! Ah! jamais... Mais son frère,
Le successeur que Dieu, qu'un peuple... Sigeric,
Noble reste du sang du grand Théodoric,
Puis-je te dépouiller du trône héréditaire!
Est-ce là le serment que je fis à ta mère.
(A Ubald.)
Que ma fille à l'instant se rende près de moi,
Et que chacun s'apprête à recevoir le roi.
Rassemblez les vassaux. Qu'on ouvre la barrière,
Sur les murs du château déployez ma bannière.

SCÈNE III.

SIGISMOND, *seul.*

De son fils, Chilpéric, ardent persécuteur,
Aux plus doux sentiments a-t-il fermé son cœur?
Toujours autour de lui règne un sombre mystère.
Mais pourquoi ces soupçons, quand sa main tutélaire
Va rendre à mes enfants le rang de leurs aïeux?
Montrons-nous digne enfin de ses soins généreux.

SCÈNE IV.

SIGISMOND, ELVIGE, ALICE.

ELVIGE.

Vous me mandez, seigneur. Ah! d'un ami fidèle,
Sans doute vous avez reçu quelque nouvelle.

1.

Ce jour était heureux, mon cœur l'avait prévu.
Clovis est-il ici, seigneur, l'avez-vous vu?

SIGISMOND.

Non. Bénissons-en Dieu dont la bonté l'éclaire.

ELVIGE.

O ciel! Quelque danger!... Quelqu'ennemi?...

SIGISMOND.

Son père,
Mon bienfaiteur, Elvige, arrive dans ce lieu.

ELVIGE.

L'époux de Frédégonde.

SIGISMOND.

Il l'était.

ELVIGE.

O mon Dieu!
Clovis... tes assassins... Est-il une retraite
Qui puisse te cacher, leur dérober ta tête?
Quel traître a découvert l'asile du malheur?

SIGISMOND.

Son secret est toujours déposé dans mon cœur.
Il est loin. Nul danger encor ne le menace.
Bientôt auprès d'un père il reprendra sa place.
Oui, ma fille, à vous seule il devra ce bienfait.

ELVIGE.

C'est mon vœu le plus cher, mon plus ardent souhait.
Que ne puis-je pour lui me dévouer moi-même.
A tous ses ennemis je dirai que je l'aime,

Que vous aussi l'aimez, et qu'un lien si doux
Ce lien, notre espoir, sera béni par vous.

SIGISMOND.

Ce lien eut rendu ma vieillesse prospère.
Mais il n'est plus pour nous de bonheur sur la terre.
Hélas! dans notre rang, objet de vains désirs,
Il n'est que des devoirs, il n'est pas de plaisirs.

ELVIGE.

Ah! n'en est-ce pas un que d'alléger ses chaînes,
Que de le consoler et partager ses peines!
La haine en vain sur lui déverse ses poisons,
On ne le hait pas tant que nous le chérissons.
Non, les noires fureurs d'une reine jalouse
N'égaleront jamais l'amitié d'une épouse.
Ce trône, ces honneurs, que l'on veut lui ravir,
Il ne les désirait que pour me les offrir.
Pour moi s'ils ne sont rien, ils cessent de lui plaire,
Que peut-il redouter, si vous l'aimez, mon père?
On peut le dépouiller, non lui ravir mon cœur.
Ah! sur la terre encore il est quelque bonheur!

SIGISMOND.

Il n'en est plus.

ELVIGE.

O ciel!

SIGISMOND.

Il vous reste la gloire.
Pouvez-vous sur vous même obtenir la victoire,
Vous souvenir du sang, ce sang dont vous sortez;
Du nom de vos aïeux?

ELVIGE.

Seigneur, vous en doutez.

SIGISMOND.

Par un usurpateur, je fus chassé du trône.
Aujourd'hui vous pouvez me rendre la couronne.

ELVIGE.

Moi?

SIGISMOND.

Vous. Un roi puissant demande votre main.

ELVIGE.

Ma main! Que dites-vous? Quel est votre dessein?
Vous l'avez détourné de ce projet funeste.
Mon cœur est à Clovis. Ah! que ma main lui reste.
Il reçut ma promesse et la vôtre, seigneur.

SIGISMOND, *à part.*

Je ne pourrai jamais supporter sa douleur.
(Haut.)
Il est vrai, je n'ai pas détruit son espérance.
J'ai causé tous vos maux, jugez de ma souffrance!
En vain j'ai prié Dieu de m'immoler pour tous,
Et Dieu, sourd à mes vœux, ne veut frapper que vous.
Non, ce n'est pas pour moi, malheureux sur la terre,
Que je veux recouvrer le sceptre héréditaire.
De la pourpre des rois et de son vain orgueil,
Que ferait un vieillard qui n'attend qu'un linceul.
Mais vous avez un frère, espoir de notre race;
Les droits de vingt héros ont indiqué sa place.
Si je lui dérobais un bien que je tiens d'eux,

Serais-je digne encor de leur nom glorieux.
La France dans ce jour vous demande pour reine ;
Au trône, à Chilpéric, ce vœu qui vous enchaîne
Vous trace un grand devoir ; vous saurez le remplir.

ELVIGE.

Chilpéric mon époux ! Ah ! c'est plus que mourir.

SIGISMOND.

O mon Dieu !

ELVIGE.

Pardonnez, j'y consens. Que je meure.
Ah ! ce n'est pas sur moi, c'est sur lui que je pleure.
Mais, comment supporter ses cris, son désespoir ?
Je ne le pourrai pas ; je ne dois plus le voir.
S'il paraît, c'en est fait. C'est fait de votre fille,
Je lui sacrifierais ma gloire, ma famille.

SIGISMOND.

Vous ne voudriez pas le conduire à la mort.
Ah ! pouvez-vous douter de l'horreur de son sort,
Si Chilpéric un jour pénétrait ce mystère.

ELVIGE.

Tout son sang, tout le mien, le vôtre ! Il faut le taire.
J'étoufferai mes pleurs. Prévenez son retour.

SIGISMOND.

Un messager fidèle avant la fin du jour
Lui dira le danger.

ELVIGE.

D'un odieux parjure
Pourra-t-il supporter la douloureuse injure ?

SIGISMOND.

Vous savez son respect, son amour pour son roi,
Et le malheur jamais ébranla-t-il sa foi?

ELVIGE.

Hélas! dans le malheur je lui restais fidèle.

SIGISMOND.

Dieu nous couvrira tous de sa main paternelle.
L'envoyé du monarque a désiré vous voir,
C'est un consentement qu'il viendra recevoir.
Le verrez-vous?

ELVIGE.

Seigneur!

SIGISMOND.

Vous êtes libre encore,
Je ne vous prescris rien, non, ma fille, j'implore.
D'un frère dans vos mains vous tenez l'avenir,
Un père est à vos pieds.

ELVIGE.

Mon père!.. Il peut venir.

(Ubald sort.)

SIGISMOND.

Vous avez à mon fils rendu son héritage,
Le salut de ma race, Elvige, est votre ouvrage.

SCÈNE V.

SIGISMOND, ELVIGE, CLOVIS.

SIGISMOND.

Clovis!

ELVIGE.

Ah! malheureuse.

SIGISMOND.

O prince infortuné!
Fuyez.

CLOVIS.

Par vous aussi je suis abandonné!
Un autre hymen, dit-on, va lier votre vie.
Non, je ne puis pas croire à votre perfidie;
Un ennemi secret, un infâme imposteur
Veut troubler ma raison par ce récit menteur;
Mais démentez-le donc! partagez ma colère,
Vous ne répondez pas, vous, Elvige. Mon père.
Par pitié... De mon sort comprenez-vous l'horreur?
Il ne me restait rien ici-bas que son cœur;
Si vous me ravissez ma dernière espérance,
Comment souffrir encor le poids de l'existence!
Haï même des miens et repoussé de tous,
Pour comble de douleur, suis-je trahi par vous?
Non, je ne le crains pas, et quand la main sanglante
Allait tuer le fils sur la mère expirante,
N'auriez-vous détourné le fer de l'assassin
Que pour me le plonger tout entier dans le sein.

SIGISMOND.

Ton destin est affreux, rappelle ton courage,
Clovis, ô mon cher fils, toi la vivante image
De ce roi ton aïeul dont tu portes le nom,
Pour supporter la vie invoque la raison.
Des hommes et du sort j'ai bravé la furie;
J'ai vécu, tu vivras pour sauver la patrie.
Le front où le Seigneur scella la majesté
Ne doit jamais fléchir devant l'adversité.

CLOVIS.

O ciel! Il serait vrai? Non, ce n'est pas possible,
Vous rendriez, seigneur, mon destin trop horrible.
Ah! je vous haïrais, oui, vous, mon bienfaiteur.
Voulez-vous m'y forcer? Le pourriez-vous, seigneur?
Souffrirez-vous qu'un fils à jamais vous maudisse?
Je vous accuserais seul de cette injustice,
Car Elvige est fidèle, oui, son cœur est à moi,
Il ne peut me tromper ni me manquer de foi.

ELVIGE.

Garde-toi d'accuser ce noble caractère.
Que ta haine sur moi retombe tout entière.
Seule je t'ai trahi; j'accepte un autre époux.

CLOVIS.

Perfide!

ELVIGE.

Je n'ai pas mérité ton courroux.

CLOVIS.

Cet époux, quel est-il? Quel mortel téméraire!..
Dans son sang odieux...

SIGISMOND.

O crime! C'est ton père.

CLOVIS.

Mon père! Je n'ai plus d'autre espoir que la mort.
Vous reine, vous épouse! Horrible est votre sort.
Chilpéric... j'ignorais sa volonté suprême.
Pour jamais oubliez qu'un malheureux vous aime.

ELVIGE.

Tout mon cœur est brisé. L'aspect de ses tourments...

CLOVIS.

Elvige... Sigismond... Je vous rends vos serments.

ELVIGE.

T'en aimerai-je moins?

CLOVIS.

Soutenez ma faiblesse,
Dans mon ame éteignez cette brûlante ivresse,
Arrachez-moi le trait qui déchire mon sein,
Chilpéric, ô mon maître, étends sur moi la main.
Si tu m'avais béni, moindre serait ma peine.
Je suis trop malheureux pour mériter ta haine.
Qu'il ignore toujours cet amour et nos vœux.
Elvige, Sigismond, vous péririez tous deux.
La justice d'un roi souvent est si sévère,
Ah! je n'avais jamais mérité sa colère,
Et pour la détourner, pour fléchir ses rigueurs,
J'ai depuis ma naissance en vain versé des pleurs.

SCÈNE VI.

LES PRÉCÉDENTS, UBALD.

UBALD.

Les envoyés du roi devant vous vont paraître.

SIGISMOND.

Fuyez. Il est trop tard. S'ils allaient reconnaître...
(Clovis baisse la visière de son casque.)
La foule des vassaux qui s'avance en ces lieux
Pourra quelques instants vous soustraire à leurs yeux.

SCÈNE VII.

LES PRÉCÉDENTS, LEUDASTE, SUITE DE SOLDATS, PEUPLE.

LEUDASTE.

Après de si longs jours de deuil et de souffrance,
L'aurore du bonheur luit enfin sur la France,
Madame; le monarque accédant à nos vœux,
Aujourd'hui nous assure un avenir heureux.
Un front souillé de sang portait le diadème;
Frédégonde régnait, tout tremblait. Le roi même,
A ce joug redoutable, enchaîné, frémissait,
Et le peuple opprimé sous le fer périssait.
Le ciel vient de briser un funeste hyménée,
Enfin, à la vertu la couronne est donnée;

Le sang du grand Clovis s'unit au sang des rois,
Le noble Sigismond a recouvré ses droits.
Chevaliers, des Français voici la souveraine.
Vous soldats, vous vassaux, honorez votre reine.

(Il pose le diadème sur la tête d'Elvige. On baisse devant elle les glaives, les lances et les étendards.)

A la reine des Francs, amour, fidélité!

(Clovis s'avance et fléchit le genou en silence.)

Au sang de Chilpéric, gloire, prospérité.

(Elvige étend son bras vers Clovis.)

Je vais rendre à mon roi compte de ce message.
Je dois de votre foi lui présenter le gage.

(Elvige remet son écharpe à Leudaste, il sort avec les soldats et le peuple.)

SCÈNE VIII.

SIGISMOND, ELVIGE, CLOVIS, ALICE.

CLOVIS.

Vainement j'ai voulu m'arracher de ces lieux.
Mon cœur avait besoin d'entendre vos adieux.
Ce jour est le dernier. Une terre étrangère
Du fils déshérité recevra la poussière.
Sans amis pour prier à mon dernier soupir,
Elvige, loin de vous je dois aller mourir.

(Il s'approche pour prendre congé d'Elvige, mais il s'arrête saisi d'horreur.)

Ce diadème!... ô ciel!... c'est celui d'Audouère!
Repoussez... repoussez ce signe funéraire,
Galsuinde l'a porté!.. Frédégonde... Ah! Seigneur...
Sa tête est pour jamais dévouée au malheur.

SIGISMOND.

Que dis-tu?

CLOVIS.

C'en est fait! Oui, c'en est fait, vous dis-je,
Malheureux Sigismond! Plus malheureuse Elvige!
Oui, nous périrons tous. Effroyable bandeau,
Sinistre précurseur du crime et du tombeau;
Des plus hideux forfaits, toi le prix, toi la cause.

SIGISMOND.

Frédégonde n'est plus.

CLOVIS.

Frédégonde repose.

ELVIGE.

La bonté du Seigneur, ami, veille sur moi;
Toi seul es menacé, je ne crains que pour toi;
Si tu pouvais encore être heureux sur la terre,
Je saurais supporter le poids de ma misère.
Par pitié pour Elvige, ah! prends soin de tes jours,
La gloire ne peut-elle en embellir le cours?
Les lauriers de Clovis adouciront ma peine.
Quitte ces lieux maudits, fuis ce roi, fuis sa haine.
Mérovée a péri, Mérovée innocent.
Chilpéric fut toujours prodigue de son sang.
Ah! si dans sa fureur... si sa main implacable,
Si sa rage... ô forfait! dès ce jour exécrable...
Va, je ne pourrais plus me soumettre à mon sort,
Et contre ton tyran j'implorerais la mort.
De paraître à ses yeux tu connais la défense.
Il va venir, il vient, ami, fuis sa présence;
Elvige t'en conjure au nom de l'amitié,
Au nom de ton devoir, au nom de la pitié.

CLOVIS.

Je vais vous obéir, Elvige. Adieu, mon père.
Ah! veuillez dire au roi qu'injuste est sa colère,
Qu'à ses ordres soumis, sujet respectueux,
En perdant tout, hélas! je fais pour lui des vœux.
(Clovis se retire en silence.)

SCÈNE IX.

SIGISMOND, ELVIGE, ALICE.

ELVIGE.

Il s'éloigne... Je sens défaillir mon courage.
Soutenez-moi, seigneur, achevez votre ouvrage.

SIGISMOND.

Ma fille!

ELVIGE.

Dans mon sein étouffez mes douleurs.
Qu'à mon époux je puisse aussi cacher mes pleurs.
Deux reines ne sont plus! Ah! quelle main impie
A pu trancher le cours d'une innocente vie?
Frédégonde, c'est toi... mais ton cruel époux
Ignorait-il la main qui dirigeait les coups?
Et toi-même aujourd'hui n'es-tu pas la victime
De celui que ton bras a sauvé de l'abîme.
Pourquoi donc Chilpéric a-t-on flétri ton nom
Du surnom détesté d'Hérode, de Néron?
Es-tu donc innocent, quand la France t'abhorre?
Un hymen... C'est du sang que tu voudrais encore.

SIGISMOND.

Qui peut vous inspirer ce coupable penser?
Ce roi, mon bienfaiteur, voulez-vous l'offenser?
Elvige, méprisez les clameurs du vulgaire.
Chilpéric... c'est celui qui sauva votre père.

ELVIGE.

Innocent! Chilpéric... l'assassin de ses fils!
Qu'avait fait en naissant le malheureux Clovis?
Haï dès le berceau, cette rage insensée
Par vingt ans de vertus n'est pas encore lassée,
Et l'horrible marâtre, avide de ses pleurs,
N'a jamais contre lui conçu tant de fureurs.

SIGISMOND.

Ses sens sont égarés. O funeste délire!
Quelqu'esprit de l'abîme en ce moment l'inspire,
Reviens à toi, ma fille. Elvige, auprès de nous
Sera bientôt ce roi, ton maître, ton époux.

ELVIGE, *saisie d'un délire prophétique.*

Chilpéric mon époux! Il est vrai, je suis reine.
D'un peuple de héros voici la souveraine.
Dois-je pleurer encore, ou rendre grâce aux cieux?
Quel avenir brillant apparaît à mes yeux!
France, ton nom vainqueur remplit toute la terre;
De ton sol généreux s'élève la lumière,
A son éclat, partout je vois tomber des fers,
Comme un astre nouveau tu guides l'Univers.
De sages, de héros, quel auguste assemblage!
D'un roi législateur je reconnais l'ouvrage;
Etoile de salut, monument glorieux,
Gage saint du repos de nos derniers neveux.

Mais qu'avant les beaux jours il est de jours d'orage...
Que de sang! que de pleurs! Quel horrible carnage!
Pour qui sont ces poignards? Que veulent ces bourreaux,
Mon père, voyez-vous s'élever trois tombeaux?
Oui, des meurtres bientôt vont souiller cette enceinte!
Je sens là, là, mon père, une effroyable étreinte.
Adieu, toi que j'aimais!... Toi Chilpéric aussi,
Chelle... On a dit qu'un roi devait mourir ici.
Vous le savez, mon père, et des accents funèbres
Hier retentissaient à travers les ténèbres.
Alice, parez-moi, mon époux va venir,
C'est le jour de l'hymen et je vous vois gémir.

SIGISMOND.

Sa raison...

ELVIGE.

Ma raison! Voyez ce diadème.
Jamais de la sagesse a-t-il été l'emblème?
A quelle reine ici donna-t-il des vertus?
Je suis reine à mon tour, et ma raison n'est plus.

SIGISMOND.

Ah! revenez à vous.

(Elvige garde le silence et cherche à rassembler ses idées. Tout-à-coup elle saisit la main de son père, la porte à son front. Les gestes de Sigismond indiquent sa douleur.)

ELVIGE.

Vous pleurez votre fille.
Pourquoi?... N'est-elle plus digne de sa famille?
Pour vous rendre vos droits, seigneur, j'obéirai.
J'aurais voulu mourir; je fais plus, je vivrai.

SCÈNE X.

SIGISMOND.

A la reconnaissance, au trône, à la patrie,
O ma fille, c'est toi, toi que je sacrifie!
Chilpéric!.. Doute affreux qui déchire mon cœur,
De tant de faits sanglants serais-tu donc l'auteur?
Non, non, fuis loin de moi, funeste incertitude,
Le soupçon ne serait que de l'ingratitude.

SCÈNE XI.

SIGISMOND, HERVART.

HERVART.

Une femme étrangère est aux pieds de ces murs.
Son voile, son aspect, ses vêtements obscurs,
Annoncent une vierge, au Seigneur consacrée.
Sa suite, le respect dont elle est entourée,
Prouvent un noble rang. C'est au nom du Seigneur
Qu'elle implore un abri sous ce toit protecteur,
Et demain, avant l'aube, au prochain monastère,
Elle doit terminer sa course sur la terre.

SIGISMOND.

Allez à sa rencontre, Hervart, et qu'en ces lieux
Elle trouve les soins qu'on doit aux malheureux.

FIN DU PREMIER ACTE.

ACTE II.

—

SCÈNE PREMIÈRE.

SIGISMOND, UBALD.

SIGISMOND.

Quelle est donc cette femme et d'où vient ce mystère,
A nos regards pourquoi veut-elle se soustraire ?

SCÈNE II.

LES PRÉCÉDENTS, HERVART.

HERVART.

Des chevaliers, seigneur, entrent dans ce palais,
Au milieu d'eux j'ai vu le monarque français.

SIGISMOND.

Allons le recevoir.

HERVART.

Le voici qui s'avance.

SIGISMOND.

Ce jour est tout entier à la reconnaissance.

SCÈNE III.

CHILPÉRIC, SIGISMOND, SUITE, PEUPLE.

CHILPÉRIC.

J'ai voulu vous prouver, par mon empressement,
Quel est pour moi le prix de ce lien charmant;
Sigismond, vous voyez, d'une seule journée
Je n'ai pas retardé cet heureux hyménée.
Dicté par la raison, utile à tous les deux,
En relevant vos droits il a comblé mes vœux.
Mais à d'autres devoirs ce jour aussi m'oblige;
Voulez-vous me guider près de l'aimable Elvige?

SIGISMOND.

(Il fait un signe à un officier qui sort.)

Ma fille n'attendait que l'ordre d'un époux;
Pour elle aussi, seigneur, ce lien sera doux.

SCÈNE IV.

LES PRÉCÉDENTS, CLOVIS.

CLOVIS *entrant et se jetant aux pieds du roi.*

Mon père!

SIGISMOND, *à part.*

L'imprudent!

CHILPÉRIC.

Qui, vous en ma présence!
Avez-vous oublié quelle était ma défense?

CLOVIS.

Ne me repoussez pas, j'embrasse vos genoux.

CHILPÉRIC.

Sortez.

SIGISMOND.

C'est votre fils.

CHILPÉRIC.

Et bravant mon courroux...

CLOVIS.

Ah! si je l'ai bravé, c'est qu'un devoir l'exige.
Un assassin...

SIGISMOND.

Ici!

CLOVIS.

Ce n'est pas un prestige,
Vos jours sont menacés.

CHILPÉRIC.

Mes jours?...

CLOVIS.

Ecoutez-moi :
Si, par les soins d'un fils, Dieu veut sauver le roi.
J'étais près de ces lieux...

CHILPÉRIC.

Quel soin si nécessaire?

CLOVIS.

Sire, je m'éloignais, fuyant votre colère.

CHILPÉRIC.

Poursuivez.

CLOVIS.

Tout-à-coup, dans un sombre détour,
Un être... Venait-il du céleste séjour?
Etait-ce l'ange impie échappé des ténèbres?
Ses traits étaient cachés par des voiles funèbres,
Et sa main agitait un glaive ensanglanté.

CHILPÉRIC.

Un glaive!

CLOVIS.

A ma rencontre il s'est précipité.
Ton père, m'a-t-il dit, vers sa tombe s'avance,
Aujourd'hui pâlira l'étoile de la France,
A Chelle... Un rire étrange et des accents confus...
Chelle..., a-t-il dit encore, il n'en sortira plus.

CHILPÉRIC, *aux gardes.*

Que de cet inconnu l'on recherche la trace.
(*A part à un officier de sa suite.*)
Est-ce bien un fantôme ici qui nous menace?
(*Haut.*)
Mais je vois la princesse; à cet aspect si doux,
Il n'est qu'un sentiment qui nous anime tous.

SCÈNE V.

LES PRÉCÉDENTS, ELVIGE, ALICE, SUITE.

CHILPÉRIC.

Madame, si j'en crois l'espoir que l'on me donne,
Vous voulez bien m'aider à porter la couronne.

Fille des rois, ce poids pour vous n'est pas nouveau,
Et vous savez assez quel en est le fardeau.
La pourpre, les honneurs sont de brillantes chaînes.
En consentant, madame, à partager mes peines,
Oui, c'est un noble appui que vous offrez au roi;
Je ne fais rien pour vous, vous faites tout pour moi.

ELVIGE.

Je n'ai pas recherché cette faveur insigne.
Par ma soumission je veux m'en rendre digne.
D'un père, de son sang, vous fûtes le sauveur;
Je sais ce que je dois à son libérateur.
Pour de si grands bienfaits, faible est la récompense;
Il vous reste ma vie et ma reconnaissance.
Puissent-elles...

(Elle aperçoit Clovis.)

Que vois-je? Alice, soutiens-moi.

SIGISMOND.

Ma fille!

CHILPÉRIC.

Quel chagrin?...

SIGISMOND, *à part à Elvige.*

Songez que cet effroi...

CHILPÉRIC.

Est-il quelqu'un ici qui pourrait vous déplaire?

(A Clovis.)

Est-ce vous?

ELVIGE.

Non, seigneur. Calmez votre colère.

Hélas! vos ennemis en le persécutant...

SIGISMOND, *à part à Elvige.*

Vous le perdez.

ELVIGE.

(Au roi.)

Grand Dieu! Souffrez qu'un seul instant..

(Elle sort, soutenue par Alice.)

SCÈNE VI.

CHILPÉRIC, SIGISMOND, CLOVIS, SUITE.

SIGISMOND.

Pardonnez à son trouble. Ah! ce matin encore
Elle ignorait l'hymen dont un grand roi l'honore.

CHILPÉRIC.

Je ne l'accuse pas. (*A Clovis.*) Je devrais vous punir.
Partez et gardez-vous ici de revenir.

(Clovis sort.)

Vous voyez, Sigismond, que je sais être père;
Si j'agissais en roi, je serais plus sévère.

SCÈNE VII.

CHILPÉRIC, SIGISMOND, LEUDASTE, SUITE.

LEUDASTE, *à Chilpéric.*

Je voudrais vous parler un moment sans témoins.

CHILPÉRIC *fait signe à sa suite de s'éloigner.*

(A Sigismond.)

La princesse, seigneur, doit réclamer vos soins.
Nous nous verrons bientôt, et peu de mots je pense
Régleront notre sort et celui de la France.

SCÈNE VIII.

CHILPÉRIC, LEUDASTE, UN OFFICIER.

LEUDASTE.

Près d'ici, sous ces murs secrètement conduits,
Les chefs des Bourguignons, sire, sont réunis.
Seul, loin de votre camp, sans garde, sans défense,
Contre la trahison que pourra la vaillance?
S'il en est temps encor, de Chelle éloignez-vous,
Entouré d'ennemis, que faire contre tous?
Du farouche Gontran vous connaissez la rage,
Sur vous, de Frédégonde, il vengerait l'outrage.

CHILPÉRIC.

Les chefs des Bourguignons ont tenu leurs serments.
(A l'officier.)
Allez, vous leur direz qu'ici je les attends.
(L'officier sort.)

LEUDASTE.

Et vous comptez sur eux?

CHILPÉRIC.

Un trône illégitime
Est un frêle édifice élevé sur l'abîme.

Du Bourguignon courbé sous un cruel pouvoir,
Le sang de Gondebaud est aujourd'hui l'espoir.
De Gontran, de ce traître, abandonnant la cause,
Ces chefs ont écouté ce que je leur propose.
A ma voix, en secret, ils viennent en ces lieux.
Bientôt ils apprendront ce que j'exige d'eux.

LEUDASTE.

Sigismond vous donnait sa fille pour un trône.

CHILPÉRIC.

Un trône!.. A-t-il compté sur cette riche aumône?
Pauvre roi mendiant, sans Etats ni sujets.
(Il réfléchit.)
L'approche de ces chefs doit changer mes projets.
Assez de sang humain a souillé cette terre,
Chacun doit désirer une paix nécessaire.

LEUDASTE.

Comment dicter la paix au milieu des poignards,
Lorsque vos ennemis menacent ces remparts,
Quand la mort est partout, quand une main sanglante
Répand autour de vous le crime et l'épouvante?
Vainement Frédégonde est liée à l'autel,
Elle vit, du serpent le regard est mortel.
Au bruit de cet hymen quelle sera sa haine?
Et si la trahison osait briser sa chaîne,
Seigneur, si libre un jour...

CHILPÉRIC.

J'ai prévu le danger.

LEUDASTE.

Ce danger, sans frémir qui peut l'envisager?
D'un peuple de guerriers, l'ascendant redoutable,
Malgré tous vos efforts, vous suit et vous accable.

Frédégonde, à leurs yeux, gage de nos succès,
Est le soutien du trône et de l'honneur français.
Oubliant ses forfaits, ils aiment son courage.
Ce n'est point vos sujets qui redoutent sa rage;
En vain cette union qu'on prépare aujourd'hui,
Devient de leur repos le plus solide appui;
Leur haine s'en accroît: il vous faut en silence
Venir signer ici cette utile alliance,
Sans garant vous remettre à la foi d'un vieillard
Et de son vain caprice affronter le hasard.

SCÈNE IX.

CHILPÉRIC, LEUDASTE, UN OFFICIER.

CHILPÉRIC.

Pourquoi ces envoyés se font-ils donc attendre?

L'OFFICIER.

Sire, sur un soupçon que je ne puis comprendre,
Les chefs ont refusé d'entrer dans ces remparts;
Ils veulent des soldats éviter les regards.
Un bruit qui se répand les trouble, les arrête:
On dit que Frédégonde, au fond de sa retraite...

CHILPÉRIC.

Frédégonde...

L'OFFICIER.

A sa cause intéresse Gontran.
Un ami m'en prévient.

(Il présente au roi une lettre ouverte.)

CHILPÉRIC, *après avoir lu.*

Pour déjouer ce plan...

LEUDASTE.

Il est une rigueur peut-être salutaire.

CHILPÉRIC.

J'y songeais.

LEUDASTE.

La prudence est ici nécessaire.
Il faut parer les coups d'une infaillible main.

CHILPÉRIC.

(Il s'approche d'une table et écrit.)
Leudaste, le serpent ne vivra plus demain.
(Il remet le billet qu'il vient d'écrire à l'officier.)
Allez, l'on vous dira ce qu'il vous reste à faire.
(L'officier sort.)
Frédégonde n'a pas quitté le monastère.
Sachez des envoyés dissiper le soupçon.
Sigismond peut paraître...

SCÈNE X.

CHILPÉRIC.

Ecoutant la raison,
Sigismond cédera. S'il fallait le contraindre,
Ces vassaux sont les miens, je puis me faire craindre.
Un roi tombé du trône a-t-il donc des amis?
Que lui voulait Clovis? Sous cet étrange avis,
Quels desseins cachait-il? Je n'ai pu les connaître.
Son regard s'est baissé, c'était celui d'un traître.

Son trouble, son effroi, son esprit agité...
L'innocence eut montré plus de tranquillité.
Il pourra me punir d'un excès de clémence,
Mais ce vieillard, Elvige, avaient pris sa défense.
J'ai dû céder. Qu'il parte. Et s'il ne partait pas!
S'ils s'entendaient! Un gouffre est ouvert sous mes pas.

SCÈNE XI.

CHILPÉRIC, SIGISMOND.

CHILPÉRIC.

Libre enfin des regards d'une foule importune,
Je puis vous rendre grâce et bénir la fortune.
Tous mes vœux sont remplis, bientôt heureux époux,
J'apprécie un bonheur que je ne dois qu'à vous.
Assurer le repos d'une vie aussi chère,
Voilà, noble vieillard, ce qui me reste à faire.

SIGISMOND.

Que puis-je désirer? Généreux défenseur,
Vous rendez à mon sang son antique splendeur.

CHILPÉRIC.

Oui, sur le front d'Elvige, en plaçant la couronne,
Seigneur, à ses enfants je destine le trône.
Clovis, en se montrant indigne d'y monter...

SIGISMOND.

Je ne désire pas le voir déshériter,
Et je suis satisfait du sceptre de mes pères:
Je retrouve mon rang, mes droits héréditaires.
C'est assez.

CHILPÉRIC.

La Bourgogne est aux mains de Gontran.

SIGISMOND.

Vous allez d'un seul mot renverser le tyran.
Le peuple, en apprenant qu'une heureuse alliance,
Au fils de Gondebaud a remis la puissance,
Soudain s'élèvera contre l'usurpateur.
Tout ce peuple est pour moi, n'en doutez pas, seigneur;
Son amour m'a suivi sur la terre étrangère,
En perdant Sigismond, il regrettait un père.

CHILPÉRIC.

Oui, seigneur, vos sujets vous aiment, je le sais,
Mais les miens ont aussi des droits à mes bienfaits.
Je sens ce que de moi leur intérêt exige,
Et j'étais père avant d'être l'époux d'Elvige.
Pour prévenir la guerre et des crimes nouveaux,
Je dois de la discorde éteindre les flambeaux.
Souvent le diadème est entouré d'orages;
Aujourd'hui la puissance est féconde en naufrages.
On a vu dans vos mains se briser le pouvoir,
Et de le conserver vous reprenez l'espoir.
De sa force, sur vous faisant l'expérience,
Le peuple en vous aimant n'aime que la licence;
Et si je le laissais se jouer de vos droits,
Je trahirais le trône et la cause des rois.
Sans doute, votre cœur conserve un grand courage,
Mais, seigneur, votre bras est affaibli par l'âge;
Il ne peut supporter un sceptre trop pesant.

SIGISMOND.

Dieu me soutient seigneur, et son pouvoir est grand.

A ses propres efforts abandonnant le crime,
Sa bonté défendra le prince légitime.

CHILPÉRIC.

Oui, c'est pour assurer la légitimité
Que je dois dans ce jour guider votre équité.
Loin de moi le penser de vouloir vous contraindre.
D'un parent, d'un ami, vous n'avez rien à craindre,
Et je ne veux ici que donner un avis.
Cet hymen, Sigismond, m'a rendu votre fils;
Seul je puis conquérir, garder votre héritage;
Vous n'en voulez pas faire un injuste partage.
Quand je choisis Elvige, en acceptant mon choix,
Vous m'avez fait, seigneur, l'abandon de vos droits,
Vous avez dans mes mains déposé la couronne.

SIGISMOND.

Ce que je tiens de Dieu, c'est Dieu seul qui le donne.

CHILPÉRIC.

Et moi, si je consens à le tenir de vous.

SIGISMOND.

Ah seigneur! ô mon fils, je tombe à vos genoux;
La force est dans vos mains, j'ai pour moi la justice.
Non, vous n'exigez pas un si grand sacrifice.
Mes droits sont un dépôt transmis par mes aïeux;
En ne défendant pas ce que je reçus d'eux,
Je souillerais mon nom, je trahirais ma gloire,
Mes enfants dépouillés maudiraient ma mémoire.
Et que pourrais-je dire à Sigéric, mon fils?
De ses nobles travaux serait-ce là le prix?
C'est pour vous qu'il combat, c'est sous votre bannière
Qu'il tâche d'acquitter la dette de son père.

Vous avez dans les camps guidé ses premiers pas;
On vous a vu souvent applaudir à son bras.

CHILPÉRIC.

J'applaudis plus encore à l'esprit qui l'anime;
Vouloir troubler la paix, à ses yeux est un crime.
Il ne veut pas d'un trône au prix de tant de sang;
En faveur de mes droits il renonce à son rang.

SIGISMOND.

Non, seigneur.

CHILPÉRIC.

Vous osez.

SIGISMOND.

Sigéric, non, vous dis-je.

CHILPÉRIC.

Ah! tant d'aveuglement et m'étonne et m'afflige.
Seigneur, il faut enfin terminer ces débats;
Quand je daigne prier, on ne refuse pas.
J'ai soustrait votre front au fer de la vengeance,
Et je puis exiger de la reconnaissance.
Je vous parlais en fils, maintenant c'est en roi
Que la raison dirige et qui dicte la loi.
De vassaux trop puissants je crains la félonie;
La Bourgogne à la France est à jamais unie.
Il ne faut qu'un seul maître à deux Etats rivaux,
La Gaule a déjà trop de rois pour son repos.
A ce traité j'ai cru votre nom nécessaire,
Je vous laisse l'honneur de terminer la guerre.

SIGISMOND.

Du mépris des humains je ne puis me couvrir;
Je suis né roi, seigneur, et roi je dois mourir.

CHILPÉRIC.

On peut vous satisfaire.

SIGISMOND.

Elvige ! ô ma patrie !
Ton sort m'est révélé.

CHILPÉRIC.

Si vous aimez la vie,
Prenez garde, vieillard, de braver ma pitié ;
Rarement on se joue à mon inimitié.

SIGISMOND.

Ah ! je ne défends pas un reste d'existence ;
Que je lègue à mon fils les droits de sa naissance,
Et je mourrai content.

CHILPÉRIC.

Il est aussi mortel.
Otage de la paix. Puis-je répondre ?

SIGISMOND.

O ciel !

CHILPÉRIC.

Vous m'avez entendu. Sans doute votre fille
Verrait avec regret le sort de sa famille ;
N'affligez pas son cœur en offensant le mien.

SIGISMOND.

O forfait !

CHILPÉRIC.

Terminons ce pénible entretien ;
A ce vœu de régner...

SIGISMOND.

Ce droit.

CHILPÉRIC.

Ou ce caprice,
Je ne puis de la paix faire le sacrifice.
Vous ne régnerez plus, tel est l'arrêt du sort.
Signez : voilà d'un fils ou la vie ou la mort.

SIGISMOND.

Mon fils saura mourir, et ce dernier outrage
Dessille enfin mes yeux et me rend mon courage.
L'éternel me fit roi, j'en garderai le rang,
Et vous ne régnerez que couvert de mon sang.
(Sigismond s'apprête à sortir.)

CHILPÉRIC, *affectant de sourire.*

Bien, seigneur! J'attendais cette noble colère;
Cette épreuve aujourd'hui devenait nécessaire.
On disait qu'à Gontran, sacrifiant ce fils,
A cet usurpateur vous vous étiez soumis.
Je voulais vous juger en vous rendant le trône;
Vous avez des vertus dignes de la couronne.
L'âge n'a pas glacé votre antique valeur.
Vos droits me sont sacrés, comptez sur moi, seigneur.

SCÈNE XII.

CHILPÉRIC.

Insensé, qu'attends-tu? quelle est ton espérance?
Puis-je à ton vain désir sacrifier la France?

Le pied dans le cercueil, tu brigues le pouvoir,
Je suis ton maître encor : je connais mon devoir.
Mais si ces envoyés ne servaient pas ma cause,
S'ils craignaient d'accepter ce que je leur propose,
Si l'amour de ce roi, de sa postérité
Leur faisait repousser ici ma volonté?..
Ils ne l'oseront pas... S'ils l'osaient, à leur maître,
Dévoilant leurs complots, je montrerais le traître.
Fier de mon alliance, il prétend me braver;
Mais déjà cet hymen ne peut plus le sauver.

SCÈNE XIII.

CHILPÉRIC, LEUDASTE.

LEUDASTE.

Des chefs des Bourguignons j'ai dissipé la crainte,
Seigneur, leurs envoyés franchissent cette enceinte.

CHILPÉRIC.

Veillez sur Sigismond, qu'il ne puisse les voir.
Dans mon appartement je vais les recevoir.

FIN DU DEUXIÈME ACTE.

ACTE III.

Le théâtre représente un autre appartement du château. Il doit être sombre et d'un aspect sinistre.

SCÈNE PREMIÈRE.

FRÉDÉGONDE.

(Elle est assise, appuyée près d'une table, et paraît ensevelie dans une méditation profonde.)

Tu régnais, Chilpéric, et ta main inhabile
S'agitait vainement sur un peuple indocile.
Sans talent, sans pouvoir, esclave couronné,
Tu régnais et le trône était abandonné.
Jouet des nations que tu voulais conduire,
Ton bras au précipice avait poussé l'empire.
Enfin de faute en faute, arrivé sur le bord,
Il ne te restait plus d'asile que la mort.
Je vins, je ranimai ta force chancelante,
Je fis parler pour toi le glaive et l'épouvante.
Je ramenai ce peuple aux bornes du devoir.
Il ignorait son maître, et je le lui fis voir.
Tu tremblais, accablé sous la main étrangère;
A ma voix l'étranger rentra dans la poussière.

Des frères sans pitié se disputaient ton sang,
Le poignard qu'ils levaient retomba dans leur flanc.
De la nécessité lorsque la loi terrible
Exigeait un forfait, à moi-même insensible,
J'en pris sur moi l'opprobre et t'en laissai le fruit;
De succès en succès ainsi je t'ai conduit.
Bientôt de ta faiblesse on perdit la mémoire,
Et tu parus couvert d'un prestige de gloire.
Tels étaient mes bienfaits, et quel en fût le prix?
Le doute, le soupçon, la haine, le mépris.
Roi sans foi, sourd au cri de la reconnaissance,
Tu voulus m'avilir au regard de la France.
Dans le fond d'un cachot, sous ce voile honteux,
L'on osa me contraindre à prononcer des vœux.
Je n'en ai fait qu'un seul, celui de la vengeance,
Il sera bien gardé. Mais une telle offense
Etait peu. Qui t'amène aujourd'hui dans ces lieux?
L'amour! Oui, (*elle sourit*) j'aime à voir Chilpéric amoureux.
Tu veux me dépouiller même du nom d'épouse,
Hélas! de ce nom seul j'étais encor jalouse.
Si la reconnaissance est déjà loin de toi,
Il y restait du moins un salutaire effroi.
Incapable de bien, tu le souffrais. L'empire
Profitait des vertus que tu n'osais proscrire.
Ce peuple prospérait à l'ombre de mon bras,
Heureux de tout le mal que tu ne faisais pas.
Cette crainte n'est plus, et dans ta folle audace,
Tu crois qu'une autre ici peut occuper ma place,
Tu le crois et je vis. De nouveau tu prétends
Appeler l'étranger sur la terre des Francs;
Unir deux nations sous un même esclavage,
Détruire jusqu'au nom d'un peuple, mon ouvrage.

(Elle se lève et paraît attendre.)

Landri ne revient pas, qui peut le retenir?

Tout ce qui m'environne ici me fait souffrir.
Sont-ce des chants d'amour qui frappent mon oreille?
Quels accents et quels vœux? Je ne sais si je veille;
Je n'en crois pas mes sens, et mon cœur a douté
De tant d'ingratitude et de déloyauté.

SCÈNE II.

FRÉDÉGONDE, LANDRI.

FRÉDÉGONDE.

Landri, qu'avez-vous vu?

LANDRI.

L'on prépare la fête;
La pompe de l'hymen en ce moment s'apprête.

FRÉDÉGONDE.

Poursuivez.

LANDRI.

La gaîté paraît dans tous les cœurs,
On brûle des parfums, et l'on sème des fleurs;
Par mille cris joyeux, exprimant son ivresse,
Tout ce peuple redit le nom de la princesse.

FRÉDÉGONDE.

Que fait le roi?

LANDRI.

Le roi, tout entier à l'amour,
Oubliant l'Univers, bénit un si beau jour.

Je l'entendis aux pieds de l'épouse nouvelle
Prononcer le serment d'être à jamais fidèle.

FRÉDÉGONDE.

Sans doute cette épouse est digne de son choix.

LANDRI.

Elle est belle.

FRÉDÉGONDE.

Vraiment. Belle ; voilà ses droits !
Mais j'étais belle aussi... C'est donc cette journée
Qui doit voir accomplir ce charmant hymenée ?
Parlez.

LANDRI.

Je vous l'ai dit. Les ministres du ciel
Déjà parent le temple et disposent l'autel.
Voyez sur ces créneaux que le soleil éclaire
D'Elvige et Chilpéric déployer la bannière.

FRÉDÉGONDE *approche et regarde.*

Mon cœur est satisfait. Plus de doute ; j'ai vu.
Quand tout me l'attestait, je ne l'avais pas cru.
Frédégonde, enchaînée au fond d'un monastère,
En vain exhalera sa rage et sa colère,
Ont-ils dit ; nous pouvons la braver sans danger.
Frédégonde n'est plus et ne peut se venger.
Je suis. Malheur au traître... Et toi, beauté fatale,
Sais-tu que Frédégonde est encor ta rivale ;
Que ce trône est le prix de vingt ans de douleur,
Que tu ne l'obtiendras qu'en m'arrachant le cœur ?
Va, malgré tes efforts, je suis épouse et reine,
Et je saurai mourir ou vivre en souveraine.
Gontran a-t-il vers nous envoyé ses amis ?

LANDRI.

Non, madame, et je crains que ce secours promis...

FRÉDÉGONDE.

Il paraîtra bientôt, oui, j'en ai l'assurance.
Gontran me donna-t-il une vaine espérance
Quand il me promettait ce jour de liberté?
Son intérêt répond de sa sincérité.
Bientôt mes ennemis seront en ma puissance.
Rassurez ces guerriers unis à ma vengeance,
Qu'ont-ils à redouter? je réponds de leur sort;
Si nous étions vaincus, pour moi seule est la mort.
Clovis a vu le roi.

LANDRI.

Banni de sa présence,
Il va cacher au loin sa pénible existence.

FRÉDÉGONDE.

Il s'éloigne? Qu'il reste... Courez, je veux le voir.

LANDRI.

Lui! ciel! Que dites-vous? Craignez son désespoir.
A-t-il donc oublié le meurtre d'Audouère?
Sous vos coups sont tombés et la sœur et le frère,
Hélas! à votre nom il frémira d'horreur.

FRÉDÉGONDE.

Allez, je puis d'un mot apaiser sa fureur.
Voyez, dans ce moment écouté-je la mienne?
Il est des intérêts plus puissants que la haine.
Qu'il ignore pourtant où vous le conduirez.
Une femme le mande et vous le lui direz.

SCÈNE III.

FRÉDÉGONDE, *seule.*

Oui, le fils aujourd'hui me vengera du père.
Haï, chassé, proscrit, l'excès de sa misère
Doit contre son tyran avoir aigri son cœur.
Le sceptre fut toujours un puissant séducteur.
Clovis à l'avenir peut seul offrir un gage;
Il apporte son nom, j'apporte mon courage.
Par moi, mis sur le trône, il régnera par moi,
J'avais juré sa mort, et je le ferai roi.
J'ai perdu mes enfants, je puis être sa mère,
Et j'adopte aujourd'hui l'héritier d'Audouère.
Nous avons tous les deux les mêmes ennemis,
Qu'il me venge, il suffit, la gloire en est le prix.

SCÈNE IV.

FRÉDÉGONDE, LANDRI.

LANDRI.

J'ai vu le prince.

FRÉDÉGONDE.

Eh bien!

LANDRI.

Triste, saisi de crainte,
Soumis à son destin, il quittait cette enceinte.

Au seul nom d'une femme, indécis, agité,
Il a pour me répondre un instant hésité.
Enfin il a cédé, madame, à ma prière,
Et vous allez ici voir le fils d'Audouère.

FRÉDÉGONDE.

Demeurez. En silence, interrogez ses traits,
Peut-être y lirez-vous quelques pensers secrets.

SCÈNE V.

LANDRI, CLOVIS, OLERIC.

CLOVIS.

En quoi puis-je servir, seigneur, cette étrangère ?

LANDRI.

Peut-être son appui vous est-il nécessaire.

CLOVIS.

Il n'est plus de mortel qui s'intéresse à moi.

LANDRI.

Prince, dans l'avenir remettez votre foi.

(Il sort avec Oleric.)

SCÈNE VI.

CLOVIS, *seul.*

Une femme ! Est-ce Elvige ici qui me rappelle ?
Je l'entendrais encor ! Quoi ! je pourrais près d'elle

M'énivrer sans témoins du plaisir de la voir!
Malheureux! que dis-tu? quels vœux et quel espoir!
(Il examine l'endroit où il est.)
Un étrange mystère en ces lieux m'environne,
Je ne sais pas pourquoi je pâlis, je frissonne.
Cet air que je respire est un poids sur mon cœur.
Elvige n'est pas là, j'y souffre trop... J'ai peur.

SCÈNE VII.

CLOVIS, FRÉDÉGONDE.

(Elle est voilée, un poignard est à sa ceinture.)

FRÉDÉGONDE, *à part.*

Que ses traits sont changés!

(Clovis ne la reconnaît pas. Il la regarde avec un intérêt mêlé d'effroi. Il ne sait si c'est un être réel ou une apparition. Enfin son imagination frappée lui montre dans cette sombre figure l'ombre de sa mère.)

CLOVIS.

Ce voile funéraire,
O souvenir affreux! C'est ainsi que ma mère
M'apparut cette nuit où l'on versa son sang.
Il semble que le glaive est encor dans son flanc.
Est-ce elle? Est-ce ma mère, et Dieu vengeur du crime,
Contre les meurtriers ranimant la victime,
Permet-il que les morts, sortant de leurs tombeaux,
Viennent aux yeux de tous confondre leurs bourreaux.
(Il s'approche de Frédégonde.)

FRÉDÉGONDE.

Arrête.

CLOVIS.

Cette voix ne m'est pas inconnue.
Comme un songe effrayant...

FRÉDÉGONDE, *levant son voile.*

Tu vois, je suis venue
Ainsi que toi, Clovis, parmi mes ennemis.
(Clovis fait un mouvement d'horreur.)
Je ne suis qu'une femme et c'est toi qui frémis.

CLOVIS, *la regardant avec stupeur.*

O mon Dieu! Suis-je ici jouet d'un vain prestige?

FRÉDÉGONDE.

Non, prince; dans ce temps il n'est plus de prodige.

CLOVIS.

De quel meurtre nouveau vais-je être le témoin?
Frédégonde en ce lieu! Le crime n'est pas loin.

FRÉDÉGONDE.

Insensé, voudrais-tu mériter ma colère?

CLOVIS.

Je veux venger le sang de ma famille entière.

FRÉDÉGONDE, *lui présentant le poignard.*

Ce sang, venge-le donc et ne m'outrage pas.
Sais-tu bien qu'un affront c'est pis que le trépas?
Tu pleures. De ta mère ai-je souillé la gloire?
Tous les Français encor révèrent sa mémoire.
Quoi! tu ne frappes pas! mon sein est découvert,
Nous sommes seuls ici, le chemin est ouvert.
Qui te retient?

CLOVIS.

Ma mère!

FRÉDÉGONDE.

Eh bien! Clovis, écoute.
Pour venger Audouère il est une autre route,
Un moyen plus certain, plus digne de nous deux.
Je ne tenterai pas de fasciner tes yeux,
D'accuser cette reine à ma vengeance offerte.
Je ne m'en défends pas, j'ai médité sa perte:
Elle était ma rivale et je voulais régner.
Mais un maître, un époux dût-il l'abandonner?
Devait-il la livrer à ma fureur jalouse?
Devait-il oublier qu'elle était son épouse?
Il l'a fait; le barbare a dirigé mon bras.

CLOVIS.

Mon père!

FRÉDÉGONDE.

Tu frémis. Je ne t'abuse pas.
De ce forfait, Clovis, Chilpéric est coupable.
Mérovée est tombé sous sa main exécrable;
Toi-même poursuivi, toi, Clovis, innocent...
Toujours ne fut-il pas altéré de ton sang?
Je le confesse encor, je partageais sa haine.
J'avais un fils alors, et mère et souveraine,
Je voulais à ce fils assurer le pouvoir.
Quelle mère jamais en repoussa l'espoir?
Cet héritier n'est plus et l'on me répudie,
Moi, Clovis, dont le bras soutenait la patrie!
Tu le sais, le succès parle encore à tes yeux,
Mon règne fut sanglant, mais il fut glorieux.

J'ai relevé ce sceptre, et les chants de victoire
Souvent de Frédégonde ont proclamé la gloire.
Et c'est moi que l'on chasse! Et mon trône est donné!
N'entends-tu pas les cris du Français indigné;
Tant de lâches forfaits seront-ils sans vengeance?
Clovis, en te sauvant, tu sauveras la France.
Nous sommes outragés, unissons nos douleurs,
Arrachons la patrie aux mains des oppresseurs.
Je t'adopte, Clovis, et te cède mon trône,
Aide-moi sur ton front à mettre la couronne.

CLOVIS.

Qu'entends-je?

FRÉDÉGONDE.

C'est ton bien.

CLOVIS.

Moi, rebelle à mon roi,
A mon père!

FRÉDÉGONDE.

Ton père! Et qu'a-t-il fait pour toi?

CLOVIS.

Il m'a donné la vie.

FRÉDÉGONDE.

Et ce présent funeste,
Tu l'estimes donc bien? C'est tout ce qui te reste;
Infortuné, ton nom est encore inconnu.
Il t'a donné la vie, et tu n'as pas vécu!
Qu'il le reprenne donc, ce lambeau d'existence.
Va, Clovis, te livrer à l'injuste vengeance,

Ton trépas servira mes projets et les cieux,
Tu rendras Chilpéric encor plus odieux.
Il a tué ta sœur et ton frère et ta mère,
Va, Clovis, va, mon fils, Chilpéric est ton père.

CLOVIS.

Ah! cessez dans mon cœur de verser le poison,
Le Seigneur me soutient et guide ma raison.
Non, vous ne pourrez pas m'entraîner dans l'abîme,
Ma main pure de sang...

FRÉDÉGONDE.

Qui te demande un crime?
Veux-je que parricide, imitant ton bourreau,
Dans un sein désarmé tu plonges le couteau?
Non, je veux avec toi sauver un grand empire;
Son bonheur, c'est le mien, c'est le but où j'aspire.
Sous un sceptre de fer, le Franc est-il heureux?
Va, si je te fais roi, je te crois vertueux.
De ce maître inhabile il faut qu'on le délivre,
Qu'il cesse de régner, je lui permets de vivre.

CLOVIS.

Je ne puis plus longtemps demeurer dans ces lieux.
Le crime, je le sens...

FRÉDÉGONDE, *le ramenant sur le devant de la scène.*

Demeure, je le veux!
Tu crains donc d'être roi? Ton ame sans courage
Préfère le mépris et chérit l'esclavage.

CLOVIS.

Vous voulez me souiller du nom d'usurpateur.

FRÉDÉGONDE.

Je veux de ton pays que tu sois le sauveur.

CLOVIS.

J'arracherais le sceptre à la main de mon père.

FRÉDÉGONDE.

Tu le relèveras tombé dans la poussière.
Si tu ne le prends pas, connais-tu le danger?
Ce sceptre va passer aux mains de l'étranger.
De la race des Francs, toi seul es l'espérance.
Seul, quand je ne suis plus, tu peux sauver la France,
Seul, tu peux assoupir la rage des partis.
Es-tu donc insensible aux maux de ton pays?
Crois-tu que c'est pour toi qu'aujourd'hui je t'implore?
Et que m'importe à moi que tu te déshonore;
Pour moi, ton sang est-il si cher, si précieux.
Je veux sauver celui d'un peuple généreux.
Toi qui te dis français, quand un tyran t'opprime,
L'amour de la patrie à tes yeux est un crime.
Je te présente un sceptre, et ton cœur sans vertu
Tremble devant l'obstacle à tes pieds abattu.
L'honneur parle et Clovis hésite... il délibère;
Tout un peuple l'adopte, il redemande un père.
Clovis, serais-tu donc indigne de son choix;
Je pourrais sans les tiens faire parler mes droits,
Mais il faudrait du sang, je n'en veux pas, te dis-je.

CLOVIS.

Laissez-moi m'éloigner.

FRÉDÉGONDE.

Ta faiblesse m'afflige.
Tu veux donc cet hymen? Un vieillard étranger,

Impunément pourra tous deux nous outrager?
La France, d'un banni deviendra le partage,
Le fils du Bourguignon prendra ton héritage,
Et les Francs aux Gaulois, à jamais confondus,
Perdront avec leur nom, leurs antiques vertus.
Du monarque français je connais la faiblesse,
Entraîné dans les fers d'une indigne maîtresse...

CLOVIS.

Elle est reine.

FRÉDÉGONDE.

Tu crois?

CLOVIS.

Jamais plus noble cœur...

FRÉDÉGONDE.

Eh! que t'importe? Est-elle ou ta mère ou ta sœur?

CLOVIS.

Elle n'est pas ma sœur; mais elle est innocente.

FRÉDÉGONDE.

D'où le sais-tu? Ce trouble... et cette voix tremblante,
Tu la connaissais donc?

CLOVIS.

Je dois à ses bienfaits
Des jours, ces jours heureux d'innocence et de paix.

FRÉDÉGONDE.

Tu l'aimes?

CLOVIS.

Moi.

FRÉDÉGONDE.

Réponds.

CLOVIS.

J'espère en Dieu, madame,
Il me préservera d'une coupable flamme.

FRÉDÉGONDE.

Tu l'aimes... tu l'as dit, et quel est ton espoir?
L'ingrate te trahit, oui, la soif du pouvoir
A fait rompre des nœuds tissus dans l'infortune.
Ne la fatigue pas d'une plainte importune;
Pour elle tu n'es plus qu'un objet de mépris,
Une couronne brille, elle en connaît le prix.
Viens, nous la punirons de sa lâche inconstance,
On ne pardonne pas une semblable offense,
Non, si tu le pouvais, tu n'as jamais aimé.

CLOVIS.

A la pitié mon cœur n'est pas encor fermé.

FRÉDÉGONDE.

Tu ne veux pas du sang d'une femme infidèle.
Si je te proposais de régner avec elle?

CLOVIS.

Quoi!.. je serais l'époux... et par vous, vous, ô ciel!

FRÉDÉGONDE.

Oui, tu peux dans ce jour la conduire à l'autel.

CLOVIS.

Elvige!.. Quel espoir!..

FRÉDÉGONDE.

Ton rival.

CLOVIS.

C'est mon père.

FRÉDÉGONDE.

C'est le vil assassin teint du sang de ta mère.

CLOVIS.

Non, vous seule.

FRÉDÉGONDE.

Il t'a dit... C'est donc un imposteur?
Ah! cela lui manquait.

CLOVIS, *à part.*

Au souffle empoisonneur,
Mon Dieu, je vais céder. Cette voix séductrice
Me conduit pas à pas au fond du précipice.
(Haut.)
Laissez-moi, laissez-moi m'éloigner de ces lieux.

FRÉDÉGONDE.

Quel étrange prestige a fasciné tes yeux!
Tu ne veux pas régner. Repoussant une amante,
La gloire est sans attraits pour ton ame tremblante.
Tu parles de vertus: tu veux sacrifier
A tes lâches terreurs un peuple tout entier.
Maintenant à ce roi, bourreau de la patrie,
Tu vas vendre mon sang pour racheter ta vie.
Soins dignes d'un héros! Je ne t'arrête plus.
Mais crois que tes efforts sont ici superflus:
J'accepte le danger, garde ton innocence,
Clovis, tu régneras au nom de ma vengeance.
Malgré toi je mettrai le bandeau sur ton front,
Oui, j'ai besoin de toi pour venger mon affront.

Je reste dans ces murs; que Chilpéric l'ignore,
Je prétends un seul jour le lui cacher encore.
Demain tu parleras. En l'osant aujourd'hui,
Tu frappes Chilpéric, ton amante avec lui.
Je ne prononce pas une menace vaine,
Tu sais si Frédégonde est fidèle à sa haine,
Tu peux partir.

SCÈNE VIII.

FRÉDÉGONDE.

Va, fuis! Elvige est sur tes pas,
Clovis, tu seras roi. Pourtant n'espère pas
Soustraire à ma vengeance une femme coupable;
Sa sentence est portée, elle est irrévocable.
Je voulais sur mon trône un jour vous réunir,
Elle y devait monter, mais c'était pour mourir.

SCÈNE IX.

FRÉDÉGONDE, LANDRI.

FRÉDÉGONDE.

Nos amis sont-ils là?

LANDRI.

Madame, l'heure avance,
Rien du secours promis n'annonce la présence.

FRÉDÉGONDE.

Mais le bruit de ma fuite est-il ici connu?

LANDRI.

Jusques à Chilpéric il n'est point parvenu.

FRÉDÉGONDE.

L'espoir nous reste donc.

LANDRI.

Celui des funérailles.
S'il en est temps encor, fuyez de ces murailles,
Madame, arrachez-vous à ce pressant danger.

FRÉDÉGONDE.

Ah! c'est plus que mourir que ne pas se venger.
Et que craignez-vous donc auprès de Frédégonde?
Les Francs sont mes aïeux, ils ont conquis le monde.
Ami, dix chevaliers sont unis à mon sort,
Dix chevaliers français! et je craindrais la mort?
Que peut-on dans ces murs opposer à leur lance?
Un vieillard, une femme, un prince sans vaillance,
Quelques Gaulois tremblants, misérables vassaux,
Esclaves affaissés sous le poids de leurs maux.
Appelez mes guerriers. Ah! jamais leur courage
N'a de la liberté méconnu le langage.

SCÈNE X.

FRÉDÉGONDE, LANDRI, OLERIC, CHEVALIERS.

(Les chevaliers sont couverts de vêtements noirs religieux sous lesquels on entrevoit leurs armes.)

FRÉDÉGONDE.

Je connais votre zèle, et le jour du malheur
De ma cause n'a point détaché votre cœur.

Vous n'avez pas jugé par les yeux du vulgaire
Ce qu'au salut de tous j'ai jugé nécessaire.
Du soin de l'avenir, vous reposant sur moi,
Vous avez confié la patrie à ma foi.
Je n'ai jamais trompé votre noble espérance;
Par moi, par mes efforts a reparu la France;
J'ai relevé le trône, et mes heureux travaux
Assuraient les destins d'un peuple de héros.
Déjà tout prospérait, et la paix renaissante
Etendait sur nos champs une main bienfaisante;
Mais un tyran régnait, et l'aspect du bonheur
D'un imbécile effroi fit frissonner son cœur.
Il crut qu'un peuple heureux devait briser sa chaîne,
Et qu'un roi n'était grand qu'en méritant sa haine.
L'ignorance, la ruse et le lâche détour
Furent les conseillers dont il peupla la cour.
Quiconque eut des vertus, à ses yeux fut coupable,
Et le plus honoré fut le plus méprisable.
Et moi, de qui la main encor le soutenait,
Moi qui l'avais sauvé, par qui seule il régnait,
Du trône, du conseil, bannie et repoussée,
Moi je suis de son lit indignement chassée,
Et par qui?.. Cet hymen, s'il était glorieux,
Cet hymen serait-il soustrait à tous les yeux?
Ah! ne voyez-vous pas qu'ici, dans le silence,
A ces vils étrangers il vient vendre la France.
Ce trône, votre sang, vos droits, la liberté,
Sont le prix du regard d'une adroite beauté.
Et nous, nous consentant à cette ignominie,
Nous laisserions la France à sa longue agonie!
Le vieux trône est caduc; vous l'avez condamné;
Mais si ce rejeton n'est qu'un rameau fané,
Ne peut-il reverdir à l'ombre de vos lances?
N'a-t-il pas comme nous à venger des offenses?

Comptez-les : une mère, une épouse, ses droits,
Tout lui fut arraché. Dites, quel autre choix
Offre plus de garants? Craignez-vous sa faiblesse?
Amis, je serai là pour guider sa jeunesse.
D'une rivale en lui je ne vois plus le fils,
Je n'ai haï jamais que vos seuls ennemis.
Il ne l'est plus! Pourquoi lui serais-je contraire?
Je suis de la patrie et la reine et la mère.
A qui nous a bravé ce jour sera fatal.
Je l'ai juré. Sans trouble, attendez le signal.
Le secours n'est pas loin; là haut le Seigneur veille,
Amis, un chant de gloire a frappé mon oreille.

(Les chevaliers agitent leurs armes et sortent.)

SCÈNE XI.

FRÉDÉGONDE, LANDRI.

FRÉDÉGONDE.

Vous, si quelqu'un paraît, vous viendrez m'avertir.

SCÈNE XII.

FRÉDÉGONDE.

Oui, je dois dans ce jour triompher ou mourir.
Une heure, une heure encore et je sais ma sentence.
Si Gontran... S'il tardait à prendre ma défense...
Si les Francs hésitaient? Non, à ma voix soumis,
Chilpéric lutte en vain contre tant d'ennemis,

Je suis libre, il suffit, et ton heure fatale
Aura sonné bientôt, odieuse rivale.

(Elle hausse les épaules.)

Bientôt!... Qui de nous deux tient l'autre en son pouvoir?
Peut-être en ce moment, ivre du même espoir,
Tu comptes les dédains, les affronts, les injures
Dont tu peux à mon cœur imposer les tortures.
Hâte-toi donc, j'attends le terme de mes maux.
Que de jours j'ai vécu sans goûter de repos!
La fatigue m'accable, aujourd'hui ma paupière
A peine à supporter le poids de la lumière.
Le calme de ces lieux porte-t-il au sommeil.
Au sommeil... Puisse-t-il n'avoir plus de réveil!
Approchons cette coupe. Oui, c'est là mon asile;
Le poison en est prompt, et mon ame est tranquille.
Depuis le jour fatal qui m'unit à ce roi,
Je n'ai pu m'endormir sans l'avoir près de moi.

(Elle met près d'elle la coupe de poison et s'endort.)

FIN DU TROISIÈME ACTE.

ACTE IV.

Le Théâtre représente un autre appartement du château de Chelles.

SCÈNE PREMIÈRE.

CHILPÉRIC, LES ENVOYÉS BOURGUIGNONS.

CHILPÉRIC, *aux envoyés qui se retirent.*

Pour calmer vos soupçons, je n'ai qu'un mot à dire :
Je reste parmi vous. Ce gage doit suffire.

SCÈNE II.

CHILPÉRIC.

Ces envoyés enfin ont dessillé mes yeux.
Oui, je vois tes desseins, vieillard ambitieux,
Je vois de tes refus et l'espoir et la cause.
Déjà de ta couronne un ennemi dispose.
Pourquoi dans cet asile étaient-ils réunis?
Dans quel but? Quel espoir. Voulaient-ils à Clovis,
De son père vivant, assurer l'héritage.
Ah! je soupçonne ici quelque sanglant outrage.
Elvige... J'aurais dû pénétrer leur projet,

Clovis est moins mon fils qu'un ennemi secret.
Et partout à mes yeux, fantôme de sa mère,
Son aspect importun montre encore Audouère.
Mais, si bravant mon ordre, il devait à ce prix...

SCÈNE III.

CHILPÉRIC, LEUDASTE.

LEUDASTE.

Sire, dans ce palais j'ai surpris votre fils.

CHILPÉRIC.

Mon fils! (*A part.*) Ils sont d'accord?

LEUDASTE.

J'ai cru que la prudence
Voulait que devant vous...

CHILPÉRIC.

Pour braver ma défense,
Quelqu'intérêt puissant éveille son espoir.

LEUDASTE.

Il demandait Elvige et cherchait à la voir.

CHILPÉRIC.

Les soupçonnerais-tu de quelqu'intelligence?

LEUDASTE.

Il se peut qu'abusé, seigneur, par l'apparence...

CHILPÉRIC.

Grand Dieu, permettez-vous tant de perversité?
Qu'Elvige vienne. (*Un officier sort.*) Enfin sachons la vérité.
Sans cesse sur ma tête une main ennemie
Tient suspendus la mort, le doute ou l'infamie.
Cette épouse, ce fils! Ah! s'il était aimé!
D'une coupable ardeur si son cœur consumé!
Et toi, lâche vieillard... toi, protecteur du crime,
Tu voulais à l'autel me conduire en victime.
Clovis aspire au trône, et c'est en me frappant.
Ai-je donc dans mon sein réchauffé le serpent?

SCÈNE IV.

CHILPÉRIC, ELVIGE.

CHILPÉRIC.

Avant qu'un saint lien nous unisse, madame,
J'ai voulu sans témoins vous découvrir mon ame.
Un doute me poursuit et trouble mon bonheur.

ELVIGE.

O ciel!

CHILPÉRIC.

Elle pâlit. (*Haut.*) Je crains que votre cœur
Ne puisse partager mes vœux, mon espérance,
Et qu'ici votre aveu ne soit qu'obéissance.

ELVIGE.

Je connais mon devoir, seigneur, et sans regrets
A de sages avis je cède et me soumets.

CHILPÉRIC.

Cette soumission est pénible, peut-être.

ELVIGE.

Recevoir un époux, c'est recevoir un maître,
Je le sais, mais mon sexe est né pour obéir.

CHILPÉRIC.

Obéir, il se peut, mais non pas pour souffrir;
Si ce lien pour vous n'est qu'un fardeau pénible,
Parlez, je ne suis pas à vos pleurs insensible.

ELVIGE.

Des pleurs... Qui vous a dit?..

CHILPÉRIC.

Pourquoi me les cacher?
Lorsque je ne viens pas pour vous les reprocher?

ELVIGE.

Votre cœur est en proie à d'injustes alarmes,
Seigneur, voyez mes yeux, ils sont vides de larmes.
Est-ce à moi de pleurer le jour où mon pays
Sauvé de l'étranger renaît de ses débris.
Quand votre bras puissant, embrassant sa défense,
Va le rendre à sa gloire, à son indépendance.
Enfin, lorsque, comblant le plus cher de mes vœux,
Vous vous montrez pour nous, si grand, si généreux.
Quel autre sentiment que la reconnaissance
Peut, après tant de biens, remplir mon existence?

CHILPÉRIC, *à part.*

Quel empire une femme a sur notre raison,
Et quel art séducteur cache la trahison!

Poursuivons. (*Haut.*) Le malheur m'a suivi sur la terre,
Un fils ingrat...

ELVIGE.

Ce fils... il honore son père,
Il n'a pas mérité que vous le repoussiez.
Ce fils si malheureux, si vous le connaissiez.

CHILPÉRIC.

Ce fils si malheureux, je le connais, madame,
J'ai su depuis longtemps lire au fond de son ame.
Mais vous, madame, vous, d'où le connaissez-vous!

ELVIGE.

Moi! seigneur.

CHILPÉRIC.

Répondez.

ELVIGE.

Hélas! haï de tous,
Nous avons autrefois accueilli sa misère.

CHILPÉRIC.

Vous l'avez défendu.

ELVIGE.

Vous défendiez mon père.

CHILPÉRIC.

Je vous sais gré du soin que vous en avez pris,
Mais la reconnaissance égare ses esprits.
Si j'en crois ce qu'on dit, une secrète flamme...
Un amour...

ELVIGE.

Lui, seigneur?

CHILPÉRIC.

Vous vous troublez, madame,
La pâleur de ce front qu'en vain vous abaissez.

ELVIGE.

Je suis calme, seigneur, c'est vous qui pâlissez.
(A part.)
O Clovis, je vois trop le coup qui te menace,
D'adoucir sa rigueur, mon Dieu fais-moi la grâce.

CHILPÉRIC, *à part.*

Ah! serait-il aimé? Contraignons ma fureur,
Découvrons jusqu'au bout ce mystère d'horreur!
Malheur à tous les deux si leur crime est possible.
(Haut.)
A l'amour de Clovis vous n'êtes pas sensible,
Dites-vous...

ELVIGE.

Je n'ai point parlé de son amour.

CHILPÉRIC.

Je ne crains pas de vous de perfide détour;
J'attends la vérité, je l'attends tout entière.
En accusant Clovis, vous parlez à son père;
Si ce fils égaré par de lâches flatteurs
Avait prêté l'oreille à des avis trompeurs,
Vos conseils et les miens le rendront à lui-même.
Voudrait-il sur son front placer le diadème?
Ne prétendrait-il pas, madame, à votre main?
Ah! veuillez déposer vos secrets dans mon sein.

Dissipez d'un seul mot le doute qui m'accable.
Un fils aux yeux d'un père est-il jamais coupable?

ELVIGE.

Coupable! lui! Seigneur, plein de respect pour vous,
Il vous aime, il mérite un avenir plus doux.
Entouré de méchants, haï dès sa naissance,
Ses jours se sont usés flétris par la souffrance.
Et de si longs chagrins, tant de maux, de rigueurs,
Tant d'injustes mépris n'ont pas aigri son cœur;
Soumis et résigné, supportant l'infortune,
Il n'a pas fait entendre une plainte importune.
Le trône et son éclat n'ont pas frappé ses yeux,
A de moindres destins il élevait ses vœux;
Il eut vécu paisible, ignoré sur la terre,
S'il eut pu recouvrer la tendresse d'un père,
Mais je le vois, la main qui nous menace tous,
En brisant l'héritier, veut arriver à vous.
Sauvez-le, sauvez-moi de quelque piége infâme,
Ah! c'est votre raison ici que je réclame!
Etes-vous l'ennemi de votre propre sang?
J'en atteste le ciel, ce fils est innocent.

CHILPÉRIC.

Avec quelque chaleur vous embrassez sa cause.

ELVIGE.

C'est pour tous vos sujets, c'est pour vous que je l'ose.

CHILPÉRIC.

Madame, à vos avis je dois m'en rapporter,
Vous connaissez le prix qu'il pourrait mériter;
Peut-être votre main était son espérance,
Et de tant de vertus la riche récompense,
Si je dois consentir.

ELVIGE.

Je suis à vous, seigneur,
Et vous ne pourrez pas disposer de mon cœur.

CHILPÉRIC.

Quoi! vous repousseriez un prince qui vous aime,
A qui déjà la France offre le diadême.

ELVIGE.

La couronne est à vous, il la refuserait.

CHILPÉRIC.

Vous savez, je le vois, conserver un secret,
Mais j'aimerais en vous un peu plus de franchise.
Est-ce là cette foi que vous m'avez promise?
Songez qu'en acceptant et mon sceptre et ma main,
Vous êtes à jamais unie à mon destin,
Que pour vous il n'est plus de père, de patrie,
Et que vous me devez compte de votre vie.

ELVIGE.

Je le sais. Ces devoirs je les remplirai tous,
Mais il en est encor dont mon cœur est jaloux,
C'est de vous éclairer quand une aveugle haine,
A d'indignes soupçons vous porte et vous entraîne.

CHILPÉRIC, *à part.*

Après m'avoir trahi, l'on ose me braver.
(Haut.)
Madame, ces soupçons, si je puis les prouver.

ELVIGE.

Non, seigneur, vous pourrez, dans ces jours déplorables,
Trouver des malheureux et non pas des coupables.

CHILPÉRIC.

Lorsque la trahison s'agite autour de moi,
Madame, j'aurais dû compter sur votre foi.
Vos amis ont en vous un appui salutaire,
Clovis montrera-t-il un si grand caractère,
Vous allez en juger.

ELVIGE.

Lui, Clovis, en ces lieux!

CHILPÉRIC.

Vous l'ignoriez? Avant qu'on l'amène à vos yeux,
Parlez, n'avez-vous pas d'autres aveux à faire,
Il est quelque péril maintenant à se taire.

ELVIGE.

Clovis est innocent, je vous l'ai dit, seigneur,
Oui, nous avons naguère accueilli son malheur.
Sans asile il fuyait cette reine implacable,
Avide de forfaits, de sang insatiable,
Et vous-même, égaré par ses affreux récits,
A sa rage jalouse aviez livré ce fils.
Si la pitié, seigneur, à vos yeux est un crime,
Que de votre courroux seule je sois victime.
Oui, Clovis malheureux avait touché mon cœur,
Oui, oui, je me plaisais à charmer sa douleur,
Je rendais par mes soins sa peine moins cruelle,
Quand tout l'abandonnait, je lui restais fidèle.
Si son cœur fut sensible à mes constants efforts,
Ne l'en accusez pas, moi j'ignorais mes torts.
Vous étiez en ces temps l'époux de Frédégonde;
Je vivais ignorée et loin des yeux du monde;
Je ne pouvais prévoir qu'un jour un si grand roi,

Que Chilpéric enfin descendrait jusqu'à moi,
Et que de cet hymen, à la paix nécessaire,
Dépendrait le bonheur d'un peuple et de mon père.

CHILPÉRIC.

Le voile est déchiré; le perfide est aimé,
Tout cet affreux complot est pour moi confirmé.
Voilà donc dans ces lieux le but de sa présence,
Pour quel secret motif on bravait ma défense.
Voilà donc contre moi ce que l'on méditait!
C'était la royauté, non vous qu'il convoitait.

ELVIGE.

O ciel!

CHILPÉRIC.

Et je connais qui dirigeait le glaive.
Sigismond...

ELVIGE.

Lui! Mon père.

CHILPÉRIC.

Avec lui plus de trève.
Gardes, de Sigismond qu'on s'empare à l'instant,
Qu'on amène Clovis. Des piéges qu'on me tend
Madame, vous voyez, seul je puis me défendre.

ELVIGE.

Des piéges qu'on vous tend?.. Je ne puis vous comprendre,
Quels dangers courez-vous? Avec vous la terreur
Est entrée en ces lieux. Vous y régnez, seigneur.

SCÈNE V.

CHILPÉRIC, ELVIGE, SIGISMOND, Gardes.

SIGISMOND.

Est-ce de votre nom ici que l'on abuse,
Et ne puis-je savoir de quel crime on m'accuse?
Au mépris des traités, quoi! seigneur, vos soldats,
Dans mon propre palais, enchaîneront mes pas.

SCÈNE VI.

LES PRÉCÉDENTS, LEUDASTE... puis CLOVIS, conduit par des Soldats.

LEUDASTE.

Sire, chacun de nous craint ici pour un maître!
Des guerriers déguisés qu'on vient de reconnaître,
De quelque trahison...

CHILPÉRIC, *à Elvige avec ironie.*

Eh bien! je règne ici,
Madame, et mes soupçons naissaient d'un vain souci.
Voilà donc les conseils que me donnait l'épouse,
Qui, de l'honneur du roi, devrait être jalouse.
(Aux gardes.)
Que l'on charge de fers ce perfide vieillard.
(A Clovis.)
Et vous, quand sur mon sein il tenait le poignard,
Complice de son crime...

CLOVIS.

On vous trompe, il l'ignore.
Seul, d'un mystère affreux...

CHILPÉRIC.

Et vous tardez encore.

CLOVIS, *à part.*

O mon Dieu, guidez-moi! Qui sauver? Qui trahir?
Ou le crime ou la honte, et je ne puis mourir!
(Haut.)
Une femme...

CHILPÉRIC.

Son nom?
(Clovis se tait.)

SIGISMOND.

Voyageuse inconnue.
Sans asile.

CHILPÉRIC, *à Clovis.*

Son nom?

CLOVIS.

Ah! seigneur, son nom tue.

CHILPÉRIC.

Qu'on l'amène.
(A Clovis qui veut s'éloigner.)
Restez. Malheur au criminel.
(A Elvige.)
Et vous, préparez-vous à marcher à l'autel.
Votre sort est fixé, c'est en vain qu'on m'abuse,
Je saurai déjouer et l'audace et la ruse.

SCÈNE VII.

LES PRÉCÉDENTS, FRÉDÉGONDE.

(A l'entrée de Frédégonde, la stupeur est générale.)

TOUS.

Frédégonde !

CHILPÉRIC, *à part.*

Elle vit.

FRÉDÉGONDE, *à Chilpéric.*

Vous désirez me voir.

CHILPÉRIC.

Madame.

FRÉDÉGONDE.

Je me rends, seigneur, à mon devoir.

ELVIGE.

Où fuir?

SIGISMOND.

O mes enfants !

FRÉDÉGONDE, *à Sigismond.*

Que son hymen s'apprête,
Je ne viens pas troubler un si beau jour de fête.

(Sur un signe du roi, les gardes emmènent Sigismond.)

SIGISMOND, *à sa fille.*

Venez.

(Elle le suit.)

(A Clovis.)

Mon fils, adieu !

CLOVIS, *à Sigismond.*

Mon père !

(Il veut se jeter dans ses bras. Il en est empêché par les soldats.)

SCÈNE VIII.

CHILPÉRIC, CLOVIS, FRÉDÉGONDE, LEUDASTE, SUITE.

FRÉDÉGONDE, *à Clovis et à Leudaste.*

Laissez-moi,
Je dois quelques instants entretenir le roi.

SCÈNE IX.

FRÉDÉGONDE, CHILPÉRIC, Gardes au fond de la scène.

FRÉDÉGONDE.

Je ne viens pas ici faire entendre une plainte,
Ni réclamer mes droits. Bannissez toute crainte,
Devant moi vous pouvez contracter d'autre nœuds:
Je ne m'oppose pas à de si justes vœux.
Mais, pour ne point braver l'opinion vulgaire,
J'ai cru que mon aveu devenait nécessaire,
Que seule je pouvais annuler un serment
Dont un peuple avec vous s'était rendu garant;
Enfin que je devais vous rendre un diadême
Que jadis sur mon front vous aviez mis vous-même.
C'est dans ce seul dessein, que quittant les saints lieux,
L'asile que je dois à vos désirs pieux,
Je viens aux yeux de tous déposant la puissance
Descendre du pavois où m'éleva la France.
Appelez votre armée et le peuple et la cour,
Est-il assez d'éclat pour honorer ce jour;

A tous je leur dirai : je cesse d'être reine,
Français, reconnaissez une autre souveraine.

CHILPÉRIC.

Je dois vous savoir gré de ce soin généreux,
Mais qu'est-il donc besoin de cet éclat pompeux ?
Quand vous fûtes, madame, arrachée à mon trône,
Quand sur un autre front retomba la couronne ;
Croyez bien que mon cœur ne fût pas consulté,
Je n'ai fait que céder à la nécessité.
Repoussant notre hymen, le ciel, en sa colère,
Deux fois avait frappé le fruit de l'adultère.
Ce jour à Chilpéric peut-il paraître doux,
Quand il va pour jamais me séparer de vous,
Quand j'unis à mon sort une épouse inconnue,
Sans pouvoir oublier celle que j'ai perdue.

FRÉDÉGONDE.

Ah ! seigneur, tant d'amour a droit de me flatter,
La preuve en est visible et je n'en puis douter.
Vous redoutez le ciel et fuyez sa colère,
Oui, la crainte de Dieu, seigneur, est salutaire :
Nous avons l'un et l'autre assez bravé ses coups :
Vous m'avez enlevée à mon premier époux,
Et la mort l'a puni de sa douleur jalouse.
Vous craigniez, avec moi, les regards d'une épouse,
Sur elle, prudemment, la tombe se ferma ;
Libres dans nos amours, l'hymen les confirma.
Mérovée avait droit, peut-être, à l'indulgence,
Et le glaive fut seul jeté dans la balance.
Enfin, persécuteur du dernier de vos fils,
Votre haine inflexible a poursuivi Clovis.
De si longues erreurs votre ame est repentante ;
Vous en donnez à tous une marque éclatante,

Et, lorsque Frédégonde est l'objet de vos vœux,
Vous la répudiez pour satisfaire aux cieux.
D'un si beau dévoûment, ayez-en l'assurance,
Dieu vous a réservé la juste récompense.
Cependant, ce lien qui vous semble léger,
Ne vous offre-t-il pas, sire, quelque danger?
Chacun me vante Elvige et sa beauté suprême,
Mais, selon quelques uns, ce n'est pas vous qu'elle aime,
Un mortel plus heureux a su toucher son cœur.

CHILPÉRIC.

Madame...

FRÉDÉGONDE.

C'est sans doute un récit imposteur.
Puisque de vous Elvige accepte la couronne,
Elvige doit chérir la main qui la lui donne.
Si de régner par elle un père avait l'espoir,
Sur elle il a perdu pour jamais son pouvoir.
Cet hymen vous assure une amitié sincère,
Peut-elle redouter le destin d'Audouère?
Frédégonde trahie, est en vain sous ses yeux,
Elle avait mérité cet arrêt rigoureux.
Vous ne lui direz pas qu'elle vous fut fidèle,
Que vous devez beaucoup à ses soins, à son zèle,
Que par elle, vainqueur de tous vos ennemis,
Vous sortîtes du gouffre où vous vous étiez mis;
Et que roi détrôné, vous expiriez sans gloire,
Quand elle a près de vous rappelé la victoire.
Vantez-lui vos vertus et surtout votre amour,
Dites que votre cœur est simple et sans détour;
Dites-lui les bienfaits que votre prévoyance
A, depuis mon exil, répandus sur la France,
Les travaux, les combats et tant de brillants faits
Prouvant ce qu'a pu seul le monarque français.

A ce récit, seigneur, croyez bien que son ame
Partagera bientôt l'ardeur qui vous enflamme.

CHILPÉRIC.

Cest assez; trop, peut-être. Un plus long entretien
Ne pourrait qu'affliger votre cœur et le mien.
Puisque vous adoptez un parti nécessaire,
On va vous ramener à votre monastère.
J'envoyais ce jour même un message vers vous,
Madame, on vous attend, et les soins les plus doux
Vous seront prodigués dans ce séjour tranquille,
Où vous avez choisi votre dernier asile.

FRÉDÉGONDE.

Le jour de votre hymen, un message m'attend!..
Un don de vous! C'est plus que mon cœur ne prétend.
J'irai le recevoir, et l'aurore nouvelle
Ne me trouvera pas dans les remparts de Chelle.
Mais, seigneur, un seul jour souffrez-moi près de vous,
Je veux, un jour encor, contempler mon époux;
C'est là le seul bienfait que Frédégonde exige.

CHILPÉRIC.

Madame.

FRÉDÉGONDE.

Craignez-vous les reproches d'Elvige?

CHILPÉRIC.

Je crains votre douleur.

FRÉDÉGONDE.

Si je sais la souffrir.

CHILPÉRIC.

Non, non, sans cruauté je n'y puis consentir.

FRÉDÉGONDE.

Eh bien! ne pourriez-vous, quand Frédégonde implore,
Remettre cet hymen au retour de l'aurore.
(Chilpéric se tait; après un moment d'attente, Frédégonde continue.)
Non, vous me refusez, vos vœux impatients
Appellent mon départ et comptent les instants.
L'aspect d'une rivale offense votre amante,
Je veux vous délivrer d'une pénible attente:
L'heure qui va passer réglera notre sort,
Sachez la supporter, c'est un dernier effort.
Oui, pour me recueillir, je vous demande une heure;
Après je trouverai moi-même ma demeure.

SCÈNE X.

CHILPÉRIC, Gardes au fond de la scène.

CHILPÉRIC.

La terreur et la mort environnent mes pas.
Sigismond... Frédégonde... Ils n'hésiteront pas.
Ah! contre moi, bientôt, ils uniront leur haine.
Si je ne les préviens, oui, ma perte est certaine.

FIN DU QUATRIÈME ACTE.

ACTE V.

—

Le Théâtre représente la décoration du troisième acte.

SCÈNE PREMIÈRE.

FRÉDÉGONDE, LANDRI, OLERIC ensuite.

FRÉDÉGONDE *assise.*

Rien encor... Chaque instant augmente le danger.
Faut-il perdre l'espoir, l'espoir de me venger?
Succomber sans vengeance !.. Ah ! trop lourde est la peine !
Nul guerrier, dites-vous, n'a paru dans la plaine!

OLERIC, *entrant.*

Deux de vos chevaliers ont surpris un soldat.
Son effroi, cet écrit et le sceau de l'Etat,
Nous ont fait soupçonner quelqu'important message.

(Il remet l'écrit cacheté à Frédégonde et se retire sur un signe qu'elle lui fait.)

FRÉDÉGONDE, *après avoir lu.*

De l'amour d'un époux, tel est le nouveau gage,
Voyez.

(Elle lui présente le billet.)

C'est le présent que l'on me réservait.

LANDRI.

La mort!

FRÉDÉGONDE.

La mort! C'est bien! Voilà ce qui devait
Me procurer la paix en ce séjour tranquille,
Ce séjour destiné pour mon dernier asile.
Ah! du fils de Clotaire on reconnaît le cœur!
Que peut-on refuser dans un jour de bonheur?
Elvige à son amant a demandé ma tête,
C'est le don nuptial qui doit orner la fête.
Qu'en dites-vous, Landri, c'est un noble joyau!
Chilpéric ne m'a pas offert un don plus beau.
De mes longues douleurs que la mort me délivre,
Je ne puis me venger, je dois cesser de vivre.
Aux nobles chevaliers qui suivirent mon sort,
Je remets leurs serments, qu'ils évitent la mort.

LANDRI.

Vous quitter.

FRÉDÉGONDE.

Je le veux, la France les réclame.

LANDRI.

Moi, vous abandonner! Je ne le puis, madame.

FRÉDÉGONDE.

Eh bien! vous recevrez le prix de votre foi,
Landri, je vous permets de mourir avec moi.

LANDRI.

Vous pleurez...

FRÉDÉGONDE.

Je gémis sur le sort de la France.
J'aurais acquis des droits à sa reconnaissance.
Cette main, enchaînant l'effort des factions,
L'eut mise au premier rang parmi les nations,
Mais le tyran l'emporte; il règne. L'étrangère
Va vendre au plus offrant et le serf et la terre,
Et de Théodoric les enfants détestés
Applaudiront au bruit de nos calamités.
Elvige, de mon sang si la soif te dévore,
Tu peux t'en énivrer; mais te faut-il encore
Le sang plus précieux d'un peuple de héros?
Les Français deviendraient les esclaves des Goths?
Du cruel Bourguignon la haine héréditaire
Pourrait impunément désoler cette terre?
Et c'est moi, moi grand Dieu! moi qui dois le souffrir.
Approchez cette coupe, il est temps de mourir.

LANDRI.

N'est-il plus d'espérance?

SCÈNE II.

LES PRÉCÉDENTS, OLERIC.

OLERIC.

Egarée et tremblante,
Une femme, madame, en ces lieux se présente.

LANDRI. *Il s'avance et regarde.*

Elvige...

FRÉDÉGONDE.

Seule ici... Dieu juste!.. O coup du sort...
(A Oleric, en lui indiquant la place où il doit se cacher.)
Prends ce fer. Cachez-lui tous ces apprêts de mort.
(Landri éloigne la coupe de poison, mais en la laissant à portée de Frédégonde.)
Elvige est en ces lieux, je mourrai souveraine.
Qu'on prépare un linceul pour la nouvelle reine.

SCÈNE III.

FRÉDÉGONDE, ELVIGE, LANDRI et OLERIC cachés.

(Aussitôt qu'Elvige est entrée, on entend fermer toutes les portes.)

ELVIGE, *suppliant.*

Je n'ai plus qu'un asile, et c'est auprès de vous.
Sauvez-moi des fureurs de cet horrible époux,
Il a tué mon père, et souillé de ce crime,
Il prétend à l'autel entraîner sa victime.

Je n'ai jamais tenté de vous ravir sa foi,
Ah! je suis innocente, ayez pitié de moi.

FRÉDÉGONDE.

(Elle examine Elvige avec curiosité et la laisse dans son attitude de suppliante.)

Oui, je conçois l'ardeur de ce roi qui vous aime,
Certes à tant d'attraits est dû le rang suprême.
Lorsque je le reçus, on vantait mes appas,
Frédégonde pourtant ne vous égalait pas.
La blancheur de ce teint, cette bouche charmante,
Ce regard enchanteur, cette voix séduisante,
Ont dû toucher le cœur du monarque Français;
Je ne m'étonne plus de vos nombreux succès.
Quelle main maladroite a mis ce diadème?
Je veux sur votre front le replacer moi-même;
C'est le mien, avec gloire il doit être porté!

ELVIGE.

Ah! c'est le prix du sang, l'ai-je donc mérité?

FRÉDÉGONDE.

Oui.

ELVIGE.

Grand Dieu!

FRÉDÉGONDE.

Chilpéric a tué votre père;
A cet arrêt sanglant êtes-vous étrangère?
Si vous n'aviez reçu ce précieux trésor,
Croyez que Sigismond existerait encor.

ELVIGE.

O douleur!

FRÉDÉGONDE.

Et Clovis? Clovis était fidèle,
Elvige n'a pas cru cet amant digne d'elle;
Votre infidélité décidait de son sort,
Le prudent Chilpéric vient d'ordonner sa mort.

ELVIGE.

Non, non, de ces forfaits je ne suis pas coupable.

FRÉDÉGONDE.

Elvige, aux yeux de tous tu mourras exécrable;
Si la haine me suit, la gloire est à côté:
Tes crimes seuls iront à la postérité.
De ton roi, l'on dira que tu chassas l'épouse,
Que tu la poursuivis de ta fureur jalouse,
Que ton père par toi fut conduit au tombeau
Et que de ton amant tu devins le bourreau.

ELVIGE.

Grand Dieu! délivrez-moi d'une existence affreuse!
Ne me haïssez pas, je suis trop malheureuse.

FRÉDÉGONDE.

Moi ne pas te haïr! Ah! ma haine jamais
Pourra-t-elle égaler les maux que tu me fais?
De tes lâches amours un grand peuple est victime.
Je créais un Etat, tu creuses un abîme.

Qu'as-tu fait pour régner et quels étaient tes droits?
Où sont les nations qui marchent à ta voix?
As-tu de nos guerriers mérité le suffrage,
Quels sont donc tes vertus, tes exploits, ton courage?
Tu pleures, faible femme, à mes pieds tu gémis;
Et tu peux vivre encor quand tu n'as plus d'amis.
Moi ne pas te haïr! N'es-tu pas ma rivale,
A l'offense, crois bien que ma haine est égale;
Quand je vais te frapper, oui, j'accuse le sort,
Elvige, je ne puis te donner que la mort.

ELVIGE.

La mort!.. que tardez-vous?

FRÉDÉGONDE.

Je veux tarder encore;
Si j'embrâsais ton cœur du feu qui me dévore,
Si je pouvais de toi faire ce que je fus,
Si tu me maudissais, je ne me plaindrais plus.

ELVIGE.

Je ne vous maudis pas, Dieu bénissait ma vie:
Il est quelqu'un encor de qui j'étais chérie;
Auprès de lui mes jours auraient été si doux!

FRÉDÉGONDE.

Pleure donc... Je pourrais te rendre ton époux.

ELVIGE.

Non, mon père n'est plus, ma carrière est finie,
Au sang du meurtrier je ne puis être unie.

Victime, je cédais à l'ordre paternel;
Pour sauver Sigismond je marchais à l'autel;
Il n'est plus... Frappez-donc! reprenez votre place,
Non, je ne venais pas pour vous demander grâce.
Quelle infortune, hélas! pût jamais vous toucher?
C'est la mort, oui, la mort, que je venais chercher.

FRÉDÉGONDE.

La mort? .. Etait-ce là ton unique espérance,
Et ne venais-tu pas jouir de ma souffrance;
Enivrer tes regards d'un spectacle si doux?

ELVIGE.

Ne suis-je pas, hélas! plus à plaindre que vous.

FRÉDÉGONDE.

Tu dis vrai. D'un tyran la compagne est à plaindre,
Je cessais de souffrir, tu commençais à craindre,
Tu partageais l'horreur dont il est entouré,
Et je te méprisais plus qu'il n'est abhorré.

ELVIGE.

Le mépris!... C'en est trop. Ce mot brise mes chaînes!
Du grand Théodoric le sang est dans mes veines.
Frédégonde, la mort est aussi sur tes pas.

FRÉDÉGONDE.

La mort!... Et qui te dit que je ne la veux pas?

ELVIGE.

Ah! pour la désirer es-tu donc innocente?
Tu la crains, Frédégonde, oui, ta main est sanglante.

C'est à cette heure, enfin, que je puis te braver.
Vois, mon cœur ne bat pas, vois, tu peux l'éprouver !
Mais toi, me diras-tu que le tien est paisible,
Qu'il est en ce moment au remords insensible.
Tu ne le diras pas, sur ton front pâlissant
Je lis l'arrêt d'un Dieu terrible et menaçant.

FRÉDÉGONDE.

Ce Dieu juste, qui tient dans sa main la balance,
A pesé mes desseins, il protége la France.

ELVIGE.

Ce Dieu repoussera de coupables succès.

FRÉDÉGONDE.

Tu ne peux les juger, ton cœur n'est pas français.

ELVIGE.

Il l'est ! J'aimais Clovis, j'aimais aussi la gloire,
Mille fois j'ai pour toi demandé la victoire,
Et toi dont j'abhorrais l'orgueil et les forfaits,
En pleurant tes fureurs j'admirais tes hauts faits.
Oui, de mon assassin je deviendrais l'épouse,
Bravant et mes remords et ta haine jalouse ;
Oui, je supporterais ce diadème affreux,
Si je pouvais sauver un peuple malheureux.

FRÉDÉGONDE.

Ton courage me plaît, je te rends mon estime.
Réponds, ainsi que moi n'es-tu qu'une victime ?
Elvige, savais-tu ce qu'on me destinait.

ELVIGE.

Eh! ne voyez-vous pas à qui l'on me donnait!

FRÉDÉGONDE.

Tu ne voulais donc point m'arracher la couronne?

ELVIGE.

Je n'aimais que Clovis.

FRÉDÉGONDE.

Eh bien! je te pardonne.
A ton lâche tyran je saurai te ravir.

ELVIGE.

Que dites-vous?

FRÉDÉGONDE, *prenant la coupe et s'apprêtant à boire.*

Je vais t'enseigner à mourir.
(On entend du bruit.)

ELVIGE.

Quel bruit!... Ah! sauvez-moi d'un nœud que je déteste.

FRÉDÉGONDE, *lui présentant la coupe.*

Prends, ma fille.

ELVIGE.

Grand Dieu!

FRÉDÉGONDE.

Va, ce glaive me reste.

ELVIGE, *hésitant à prendre la coupe.*

Ce poison !

FRÉDÉGONDE.

Que crains-tu ? Les effets en sont surs.
Prends, te dis-je.

ELVIGE, *prenant la coupe.*

Mourir !..

FRÉDÉGONDE.

Vengée.

ELVIGE.

Oui. (*Elle boit.*)

FRÉDÉGONDE, *à Landri et Oleric qui se montrent.*

Dans ces murs,
Puisque grâce à vos soins, amis, je règne encore,
D'un trépas éclatant que le tyran m'honore.
Ouvrez aux meurtriers, hâtez-vous, que leur bras
Epuise tout ce sang que je ne défends pas.
Ouvrez, qu'à leurs fureurs nul de vous ne s'oppose !
Un peuple est proche, amis, il vengera ma cause.
(On ouvre les portes.)

SCÈNE IV.

FRÉDÉGONDE, ELVIGE, LANDRI, OLERIC, CLOVIS.

CLOVIS *à Elvige assise et luttant contre la mort.*

Madame, l'on vous cherche et je tremble pour vous,
Venez, de Chilpéric évitez le courroux.

Il a quitté l'autel, son regard est farouche,
La rage est dans son cœur, la menace en sa bouche,
Ah! fuyez.

(Sur un signe de Frédégonde, Landri sort. Oleric reste au fond de la scène.)

ELVIGE, *d'une voix éteinte.*

Je n'ai plus à craindre ses fureurs,
Elvige doit cesser de répandre des pleurs.

CLOVIS.

Qu'ai-je entendu? L'espoir rentre-t-il dans votre ame?
Le sort enfin...

ELVIGE.

Tu peux me parler de ta flamme,
Je suis libre.

CLOVIS.

Vous! Ciel!

ELVIGE.

Cette main est à toi.

CLOVIS.

A moi! Mais quel regard quand tu me rends ta foi!

ELVIGE.

Ah! déjà notre hymen a fini sur la terre,
Adieu, Clovis, adieu, je vais trouver mon père,
Il m'attend.

CLOVIS.

Quel soupçon!

ELVIGE.

Je sens là, dans mon sein.

CLOVIS.

Dieu !

ELVIGE.

La mort.

CLOVIS.

O fureur ! Voilà ton assassin.

ELVIGE.

Non, moi...

CLOVIS.

Vous !

FRÉDÉGONDE, *à Elvige.*

En mourant, dictez-lui la vengeance,
Ordonnez-lui de vivre, il le doit à la France.
Lui seul peut la soustraire à de longs jours de deuil,
Oui, lui seul ! Frédégonde est au bord du cercueil.

ELVIGE *mourante, à Clovis.*

Veille sur ton pays, sois digne de sa gloire,
C'est ainsi que tu peux honorer ma mémoire.

CLOVIS.

Elvige !... Elle n'est plus ! O douleur ! C'en est fait !
Et je ne puis venger cet horrible forfait.
Chilpéric... oui, c'est toi... Dans ma juste colère,
O fureur... O tourment... Ce monstre... c'est mon père.
Ah ! mourons donc, mourons encore pur de sang.
(Il saisit un poignard et se frappe.)
Mon Dieu, je te bénis, Clovis meurt innocent.

FRÉDÉGONDE.

Arrête... Ce poignard... Il eut vengé ta mère.
(On couvre d'un linceul Elvige et Clovis morts.)

SCÈNE V.

FRÉDÉGONDE, OLERIC.

FRÉDÉGONDE.

C'est assez, Frédégonde a trop vu la lumière;
Ce retard des bourreaux est un supplice affreux.
Et ma dernière larme a roulé dans mes yeux.
J'ai vécu, j'ai haï, jamais de la tendresse,
Jamais je n'ai senti l'énivrante faiblesse.
J'eusse aimé la vertu, mon funeste destin
M'a mis presqu'en naissant le poignard à la main.
Malheureux fut le jour où je vis la couronne.
Il n'est pas, je le sens, de bonheur sur le trône,
Et ce cœur ulcéré, tout prêt à s'exhaler,
Dévora plus de pleurs qu'il n'en a fait couler.

SCENE VI.

FRÉDÉGONDE, OLERIC, LANDRI, CHEVALIERS, SOLDATS, PEUPLE.

(Une partie des chevaliers ont encore leur robe de moine. Parmi eux sont des officiers de Gontran portant sa bannière unie à celle de la France.)

LANDRI.

Les soldats de Gontran entourent ces murailles.

FRÉDÉGONDE.

Ce n'est donc plus pour moi que sont les funérailles.

LANDRI.

Non, vous régnez, madame, et malheur aux vaincus.
Le tyran l'avait dit.

FRÉDÉGONDE.

Il ne le dira plus.

SCÈNE VII.

LES PRÉCÉDENTS, CHILPÉRIC, SUITE DU ROI.

(Chilpéric, demi couvert d'une armure, entre suivi de peu des siens. Il en est immédiatement séparé par les faux moines qui, tous la main sur leurs poignards et les yeux sur Frédégonde, se glissent silencieusement derrière lui. Au milieu d'eux et tout près du roi est un chevalier noir de haute taille, la visière baissée : c'est Fouque. Il est armé d'une hache. Chilpéric tourné vers Frédégonde ne peut voir ce qui se passe.)

CHILPÉRIC.

Autour de ces remparts j'entends le bruit des armes.
Lorsque rien n'éveillait de nouvelles alarmes,
Il n'était pas besoin d'appeler vos amis,
Vos jours étaient en paix, je vous l'avais promis.

FRÉDÉGONDE.

J'y comptais. Vous voyez, Frédégonde est sans crainte,
Le cœur de Chilpéric, toujours exempt de feinte,
Ne pouvait m'inspirer ni doute ni soupçon.
Fidèle, généreux, guidé par la raison,
Vous cédiez à l'aveu de votre conscience,
Vous écoutiez le ciel et l'honneur de la France.
Pourquoi donc protester d'un dévouement si pur,
Tenez, ce témoignage à mes yeux est plus sûr.

(Elle lui montre le billet qui ordonne sa mort. Le cercle se resserre derrière le roi. La lame des poignards se montre. Le chevalier noir élève sa hache et semble n'attendre qu'un signal. Le roi ne s'aperçoit pas encore du danger qui le menace.)

CHILPÉRIC.

Ce jour fut pour tous deux une épreuve cruelle;
Mais si ce peuple enfin au trône vous rappelle,
Madame, je suis prêt à vous rendre vos droits;
Frédégonde est encor l'épouse de mon choix,
Et pour vous délivrer d'une crainte fatale,
Je prétends à Clovis unir votre rivale.

FRÉDÉGONDE.

J'ai prévu tes désirs. Approche, ils sont unis;
Viens ici, tu verras ton amante et ton fils.

(Elle soulève le linceul. Le cercle des poignards se resserre toujours.)

Tu les frappas... Qu'as-tu? L'aspect du sang t'étonne?
Sans rivale aujourd'hui je reprends ma couronne,
Je la prends, songe bien que ce n'est pas de toi,
Que Frédégonde est reine et que tu n'es plus roi.
Adieu, ta souveraine à ton destin te livre.
(A Landri en sortant.)
Avant la fin du jour qu'il ait cessé de vivre.

(Les glaives se lèvent tous à la fois sur Chilpéric. Au moment où le rideau tombe, la hache s'abat sur sa tête, et on entend le bruit d'une armure qui se brise.)

FIN DU CINQUIÈME ET DERNIER ACTE.

www.ingramcontent.com/pod-product-compliance
Ingram Content Group UK Ltd.
Pitfield, Milton Keynes, MK11 3LW, UK
UKHW021555260726
13993UKWH00002B/854

9 782329 446271